琴子
iLL. TSUBASA
裏切られた
女、
幼女になって
冷
帝
に拾われる
～復讐のために
利用するはずが、何故か
溺愛されています!?～

ネイト
アルバートの護衛騎士。
アルバート・オルムステッド
オルムステッド帝国の皇帝。
「冷血皇帝」の異名を持つ。
ユーフェミア・リデル(幼女ver.)
リデル王国の第一王女。
事件に巻き込まれ、幼女の姿になる。

ミランダ
オルムステッド帝国の公爵令嬢。

ユーフェミア・リデル(大人ver.)
リデル王国の第一王女。
国随一の魔力、才能、美貌の持ち主。

目次

裏切られた悪徳王女、幼女になって冷血皇帝に拾われる

～復讐のために利用するはずが、何故か溺愛されています!?～

琴子

〔イラスト〕ＴＳＵＢＡＳＡ

プロローグ

その日の私は、いたく機嫌が良かった。

遠い異国から取り寄せた世界最大級と言われる宝石が想像以上に美しかったこと、私専用の広大な庭園の薔薇が今朝、綺麗に咲き誇っていたことなど理由はいくつかある。

――だからこそ、齢(よわい)十歳にして「悪徳王女」などと呼ばれていた私が、見知らぬ痩(や)せこけた少年を助けたのはきっと、ほんの気まぐれだった。

ある日の昼下がり、王城内の庭園を侍女と共に散歩していたところ、見知らぬ少年達が地面に転がる少年を蹴り、殴っているところに遭遇した。

「お前達、何をしているの？」

そう声を掛ければ、二人の少年は慌てたように顔を上げる。

そしてひどく焦った表情を浮かべると、すぐに私に向き直った。身なりを見る限り、建国祭で我が国を訪れている他国の王子だろう。

「ユ、ユーフェミア王女様……」

「あの、これは……こいつが粗相をしたので、教育を……」

どうやら私のことは知っていたようで、苦し紛れの言い訳を並べ立てている。

彼らの足元に転がっている少年は従者かと思ったけれど、二人と似通った服装をしており、同じ王子の身分であることが窺えた。

同じ身分と言えど、王妃の子と側室の子とでは立場は大きく変わる。きっと彼らにもそんな違いがあるのだろう。私は小さく息を吐くと、再び口を開いた。

「まあ、くだらないこと。暴力なんて猿以下のすることよ」

「ち、違うんです……！」

「言い訳など聞きたくないわ。さっさと消えてちょうだい」

大国であるリデル王国の第一王女であり、稀代の天才魔法使いと言われている私の機嫌を損ねてはまずいと思ったのか、二人は深く頭を下げると逃げるように去っていく。

（どこの国の王子か知らないけれど、あんなのが王になったら国は滅びるでしょうね）

私は鼻を鳴らすと、地面に転がったままの少年に視線を落とした。服が捲れ、見えた肌にはたくさんの痣があり、日常的に暴力をふるわれていることは明らかだった。

「お前、顔を上げなさい」

やがてゆっくりと顔を上げた少年の、長い前髪の隙間から見えたアメジストのような瞳と視線が絡む。一番好きな宝石によく似たその瞳だけは、綺麗だと思った。

「………」

一方の少年は、まるで眩しいものを見るかのように、ぼうっと私へ視線を向けている。

私は春の妖精のような美しいローズピンクの髪に、太陽のような金色の瞳を持つ。

誰もが口を揃え、美の女神に愛されて生まれてきたのだと言う。それくらい私は美しく愛らしく、頭の先から爪先まで寸分の狂いもなく完璧だと自負していた。

「――めがみ、さま」

少年がそう呟いたことで、私の機嫌はさらに良くなる。

（ふうん、よく分かっているじゃない）

年齢は私と同じくらいだろうか。声も話し方も、嫌いではない。そう思った私は数歩歩みを進め、少年に近づいた。

たったそれだけで、青白い頬がほんのり赤く染まる。

「どうしてお前はそんな扱いを受けているの？」

「……僕には、魔力がないのです。王族失格ですから、仕方のないことかと」

長い睫毛(まつげ)を伏せた少年は、悔しげに唇を噛む。

予想通り身分の低い側室の子であれども、王子の身分だったらしい。

――この世界は、魔法至上主義だ。

大陸の民の三割程度の人間しか魔法が使えない中、王族や貴族に潤沢(じゅんたく)な魔力を持つ魔法使いは生まれやすく、一族から優秀な魔法使いを出すことは名誉なことだった。

側室の子で魔力がないとなれば、風当たりが強くなるのも頷ける。

そして少年自身も、その扱いを当然だと受け入れているようだった。

「悔しくはないの？」

「それは……もちろん悔しいです。ですが、魔法以外の面でいくら努力を重ねたところで、僕の評価は変わらないので」

「まあ、そうでしょうね」

必死に学び、どれほど剣技を鍛えても、彼の言う通り王子としての評価が上がることは一生ないだろう。――彼自身の力がこのまま、封じられていた場合は。

(ふうん、面白いことになっているじゃない)

珍しい玩具を見つけたような気分になった私は、「ねえ」と声を掛けた。

「私がお前を助けてあげる」

「――え」

突然の申し出に、少年は菫色の目を見開く。私の後ろに黙って立っていた侍女のサビナですら、驚いたような反応を見せていた。

この私が誰かのために何かをしてやるなど、滅多にないことだからだろう。

「で、でも、どうやって」

戸惑う少年に、私ははっきりと言ってのけた。

「お前には魔力が無いわけじゃないわ。封じられているだけよ」

「どういう、ことですか……?」

「私の瞳が特殊だと言うのは知ってる？　お前の中で何が起きているのか見える

の」

私の金色の瞳は魔眼と呼ばれ、魔力属性や魔力量、魔力の流れなど、普通の人間には見えないものを見ることができる。

数代前の皇帝も持っていた瞳で、小さく頷いた彼も存在は知っているようだった。

ただ、彼が最も気になっているのは、「封じられている」という部分に違いない。

「お前は側室の子なのでしょう？　兄王子達の王位継承の邪魔にならないよう、王妃あたりが生まれてすぐに封じさせたんじゃないかしら」

「そんな……」

「さっさと目を閉じなさい」

そう命じると、少年は慌ててきつく目を閉じた。

ごわごわで汚れた銀髪にそっと触れた私もまた、そっと目を閉じる。

「……思っていたよりずっと面倒そうね、これ」

一生封じるつもりだったのだろう、かなり強く入り組んだ封印のようだった。

(力ずくでこじ開けて、さっさと終わらせないと)

もうすぐ王国魔法師団の魔法使いによる授業があるのだ。一秒でも遅れれば、お母様にどんな罰を与えられるか分からない。

普段は抑え込んでいる国一番と言われている魔力を一瞬だけ解放し、彼の魔力回路を通して自身の魔力を流し込む。そして魔力量で押し切り、封印をこじ開けた。

パキン、と何かが砕ける音と共に、少年に触れていた私の真っ白な手は火傷をしたかのように真っ赤に爛れていく。呪いまがいの封印を解いた反動だろう。

「ユーフェミア様！　大丈夫ですか！」

「ええ。あとで治させるわ。お前も目を開けていいわよ」

少年はゆっくりと目を開けると、メイドと共に私の手を見て戸惑いの声を漏らした。

「も、申し訳ありません！　ぼ、僕の封印を解くために……どうして……」

「私は一度決めたことを曲げるのが、何よりも嫌いなの。助けるって言ったでしょう」

それにこんなもの、治癒魔法使いの元へ行けばすぐに治るのだから。

(何より私は、こんな卑怯な手で他人を陥れるのが一番嫌いなのよね)

もしもこの王子が魔法の才能を開花させ、王位についたならば、先ほどの王子達や封印をした張本人はどれほど悔しがるのだろう。

それを想像するだけで、胸がすっとした。

「お前の属性は氷よ。手のひらを出して、念じてみなさい」

「……本当に、僕に魔法が使えるんですか」

「ええ。この私が嘘をつくとでも？」

少年は慌てて首が取れそうなくらい左右に振ると、土だらけの手のひらを見つめた。

数秒の後、汚れた手のひらからパキパキ、と音を立てて氷の塊が生まれていく。

「ほら、できたでしょう？」

少年はしばらくその様子をまるで他人事のように呆然と見つめていたけれど、やがてその両目からは大粒の涙がこぼれ落ちた。

きっと、何よりも望んでいたものなのだろう。

「……っ……う……」

「良かったじゃない。下手したら一生、お前の魔力は封印されたままだったわ」

私のように特殊な瞳がなければ、気付くことはまずない。

今の彼の扱いを見る限り、万が一気が付いた者がいたとしても、王族を敵に回してまで封印を解こうとする人間はいないはず。

背後からサビナの「早く治療を受けてくれ」という強い視線を感じ、小さく息を吐く。

「じゃあ、私はもう行くわ」

「っありがとうございます……！　本当に、ありがとうございました」

「お前の魔力量は相当なものよ、せいぜい頑張りなさい。……ほら、顔くらい拭いたら」

あまりにも泥だらけで見ていられず、取り出したハンカチを差し出せば、少年は両手を服で慌てて拭いた後、まるで宝物に触れるように受け取った。

「いつか絶対に、このご恩は返します」

そして何かを決意したようにまっすぐ私を見上げ、両手を握りしめる。

彼が私に対してできることなんて、きっと何もない。私は生まれながらにして、何でも持っているのだから。

それでもやはり機嫌の良かった私は「そう」とだけ返事をして、小さく口角を上げた。

第一章　悪徳王女

　ふわあと大きな欠伸をすると、私は「もういいわ、今までお疲れ様」とだけ言い、目の前の男に対し、追い払うように右手をひらひらと振った。

「そ、そんな……ユーフェミア様、どうかもう一度だけチャンスを……！」

「無駄よ、無駄。お前には才能がないもの。諦めなさい」

　目の前の男は、私が指揮を執っている王国魔法師団の一人だった。

　——今からほんの数分前までは。

　この男は大きなミスをしでかしたため、たった今クビを宣告したのだ。それでも男は受け入れられないようで、床に手をつき、必死に考え直してほしいと訴えている。

　王国魔法師団長であるテレンスが知人だからと言って、ギリギリのラインで入れたようだけれど、やはり間違いだった。

「テレンス、お前の責任でもあるわよ」

「……申し訳ありません」

王国魔法師団の仕事は危険が伴うものが多く、誰にでもできるものではないのだ。

私は王城内の広間を後にすると、小さく息を吐いた。

「死人が出ていたら、どうするつもりだったのかしら」

どいつもこいつも本当に使えないと、舌打ちする。

——十九歳になった私、リデル王国第一王女ユーフェミア・リデルは我が国において、右に出るものはいないほどの実力を持つ魔法使いとなっていた。

そもそも我が国では、国民の三割程度しか魔法を使えない。その中でも私は潤沢な魔力量と魔法を扱う才能を持って生まれ、努力もあって魔法に関する造詣も深い。

だからこそこの年齢で、国中の有能な魔法使いを集めた王国師団を任されているのだ。

「……本当に、つまらない人生だわ」

私は何でもできてしまうし、欲しいものは何でも手に入ってしまう。何故こんな簡単なことができないのかと、常に周りの人間全てに苛立ちさえする。

私は基本的に、自分以外の人間が嫌いだった。血を分けた両親や兄妹ですらも。

――母以外に関心のない父、私を女王にすることしか頭になく、愛情も与えず厳しい教育だけを受けさせてきた母、無能な兄妹や婚約者、全員に心底嫌悪感を抱いている。

その気持ちを隠すつもりもなく、常に他人を見下すような態度を取り続けていた結果、いつしか私は「悪徳王女」と呼ばれるようになっていた。

(別に悪いことなんてしていないし、事実を言っているだけなのに)

私に対して不満を持つ人々が発する悪口に尾ひれがつき、いつしか実際にはしていない悪行の数々が事実として広まっているようだった。

それでも私には、大切だと思える相手だっていない。だからこそ、誰にどう思われようと気にはならなかった。

(このままずっと、退屈なまま人生を過ごすのかしら)

本日何度目か分からない大きな溜め息を吐いた後、一人になりたいと思った私はメイド達を撒くと、人気のない裏庭へ向かう。

「あら」

するとそこには既に先客がおり、私の婚約者の公爵令息のカイルと、第二王女でありあり妹のイヴォンの姿があった。

明らかに親密な雰囲気だった二人は私に気が付いた瞬間、すぐに距離を置く。

前々から二人の視線や雰囲気から、なんとなく二人が深い関係であることは感じ取っていたけれど、全くもって興味がなかったため気にしていなかった。

二人は一応、罪悪感なんかを持ち合わせていたようで、ひどく慌てた様子を見せた。

「ユ、ユフィ！　これは違うんだ！」

「お姉様……その、先ほどカイル様と偶然お会いして……」

二人共あまりにも動揺が顔や態度に滲み出ていて、滑稽すぎて笑えてくる。

「いいのよ、言い訳なんかしなくても。欲しいんでしょう？　あげるわ」

私がイヴォンにそう声を掛けると、二人は驚いたように目を剝く。

特にカイルの方は、目に見えて動揺していた。

「あ、あげるっていうのは、どういう……？」

「私には必要ないから、あげるって言っているの。お前にはお似合いだと思うし」

「ユ、ユフィ？」

「私とカイルって釣り合っていないじゃない？　でも、お前にはちょうどいいもの」

カイルは公爵令息という立場であり、魔力量や魔法使いとしての能力はそれなりにあるとは言え、この私に釣り合うものなどひとつもない。

眩しい金髪と碧眼がよく似合うカイルは社交界で人気があり、イヴォンもよく素敵だと言っていたものの、私は元々好みですらなかった。

国王であるお父様の頼みでひとまず婚約には至ったけれど、いずれ適当な理由をつけて破棄するつもりだった。

そして目の前の光景こそ「適当な理由」になり得ると思った私は、にっこりと微笑むと早速お父様に話をしてくると言い、二人に背を向けた。

「ま、待ってくれ！　ユーフェミア！　君を愛しているんだ！」

「笑えない冗談だこと」

この世の終わりのような顔をしたカイルが、後を追ってくる。

公爵令息と言えど、彼は次男なのだ。公爵の座を継ぐのはカイルの兄であり、私との結婚が無くなれば伯爵位あたりを相続する事になるだろう。

いつも笑顔で機嫌を窺ってくるカイルが欲深い人間であることも、私のことを愛してなどいないということも、もちろん知っている。

(こうして縋り付いてくるくらいなら、せめて誠実な態度でいればいいのに)

「私が一度決めたことを覆さないことは、知っているでしょう?」

足を止めてそう言ってのければ、カイルは形の良い唇をぐっと噛む。

幼い頃からの付き合いである彼も、それをよく知っているはず。

「お、お姉様、怒っていますか……?」

一方のイヴォンも、私の怒りを買ってしまったのではないかと不安な様子だった。

そんな妹に、私はなおも笑顔を向ける。

「まさか。お前達になんて興味はないもの、怒るはずなんてないでしょう?」

「……っ」

第二王女という地位に甘え、男に媚びて散財することしか脳のないイヴォンに対して呆れはしても、それ以外の感情など抱くことはなかった。

「ご機嫌よう」

再び歩き出した私は自室へと戻ると、そのままベッドに倒れ込んだ。

今日はこの後、魔法師団の会議があり、夜は晩餐会に出席する予定だったはず。

「——私が、しっかりしないと」

私にはイヴォンの他に第一王子である兄がいるものの、気弱でいつも俯いており、引きこもりがちで、いないも同然の存在だった。

現国王であるお父様も、いつまでも健在ではない。無能な兄妹の分まで私がしっかりしなければ、大国といえどいつか足元をすくわれてしまうだろう。

『お前は女王になるために生まれてきたのよ』

幼い頃から何百、何千回と言われてきたお母様の言葉が、脳内に木霊(こだま)する。

私は再び大きな溜め息を吐き、ほんの少しだけ休もうと目を閉じた。

一ヶ月後の晩、私は自室で紅茶を飲みながら、大量の釣書に目を通していた。

「はあ、どいつもこいつもパッとしないわね。私には釣り合わないわ」

「ユーフェミア様のお眼鏡に適う男性など、いないと思いますが」

「大陸中を探せば、一人くらいはいるんじゃない？」

侍女のサビナは「そうでしょうか」なんて言いながら、果物を切り分けている。

「一応は一生を共にする相手だし、妥協なんてしたくないのだけれど……」

私はティーカップをソーサーに置くと、積み重なった山からまたひとつ釣書を手に取る。

――イヴォンとの密会を目撃した後、お父様にカイルとの婚約破棄を申し出たものの、少し待ってほしいと言われてしまった。

元々、お互いの立場が立場なだけにすんなりいくとは思っていない。やはりカイルも全力で抵抗しているようで、まだ時間はかかりそうだ。

(気持ちの悪い愛を乞う手紙や花束が連日届いているし、本当に迷惑だわ)

とは言え、私の気が変わることもないこと、カイルに非があることから、婚約の破棄については確定事項だろう。

そのため私は早速、近隣諸国から釣書を集めさせていた。

我が国だけでなく近隣諸国を含めても、女性の結婚適齢期は十七歳から二十歳の間だ。王族は婚約期間が一年ほど必要で、十九歳の私はうかうかしていると行き遅れてしまう。

「地位があって強くて賢くて魔力があって、顔がとんでもなく良いだけでいいのに」

「きっとそのうち素敵なお相手が見つかりますよ」

「分かりやすい棒読みだこと。はあ、これも気に入らないわ」

　小さく息を吐くと、私は放り投げるようにして釣書を置く。

「明日は朝からテレンス達と魔物討伐に向かうし、そろそろ寝ようかしら」

「かしこまりました」

　すぐにサビナは釣書の山を片付けると、部屋を出ていった。

　私はベッドに横になり、明日のスケジュールを頭の中で反芻（はんすう）する。早朝からテレンスや魔法師団の団員達と共に、国境付近の森へ魔物討伐に向かうことになっていた。

　魔物はＦランクからＳランクまで強さによって分類されており、今回はＡランクの魔物が複数体現れたという報告を受け、私やテレンスが直接赴（おもむ）くことになったのだ。

　夜は筆頭公爵家の令嬢の誕生日を祝うパーティーに参加するため、休む暇はなさそうだ。

　今夜のうちにしっかり身体を休めておかなければと思った私は、ふと思い出す。

（今日の昼に、快眠や疲労回復に効くお香を貰（もら）ったような）

　イヴォンが先日の件について謝罪に来た際、「お姉様はいつもお忙しいですし、少しでも休めるように」と言って、可愛らしいお香を渡されたのだ。

私は寝転がったまま、棚の上に置きっぱなしだったお香を風魔法で引き寄せる。

「あら、良い香りじゃない」

焚いてみると少し甘すぎる気はするものの、良い香りが部屋の中を満たしていく。

そして私は一瞬にして、夢の中に落ちていった。


底のない暗闇に落ちていくような嫌な感覚に襲われ、意識が浮上する。

嫌な夢を見てしまったと瞼を開けた私はすぐさま異変に気付き、息を呑んだ。

「なによ、これ……」

自室のベッドで眠っていた私の身体は、罪人用の魔道具によって拘束されていたからだ。首から下は指先ひとつ動かせず、魔力も封じられている。

「……お前達、何をしているのかしら」

そして部屋の中心では、ローブを被った魔法使いらしき人物が魔法陣を描いていた。

(あれは——大規模な転移魔法陣だわ。この部屋ごとどこかへ飛ばすつもり？)

その上、部屋の隅には私同様、拘束されたAランクの狼型の魔物の姿がある。

何をしようとしているのか大方予想がついたところで、聞き慣れた声が耳に届いた。

「チッ、予想よりずっと目が覚めるのが早いな」

舌打ちをしたカイルの側には、イヴォンの姿もある。

(あの馬鹿共が私を殺そうとしているのね)

あのお香も、私の意識を奪うためのものだったのだろう。いくら浅短でも、王族という立場でありながらこんな手段に出るとは思っておらず、油断していた。

「こんなことをして、許されると思っているの？」

「お姉様、本当にごめんなさい。お姉様がいなくなってくださらないと、私達、一緒になれないんです……」

カイルに寄り添って涙目でこちらを見つめるイヴォンのあまりの愚かさと浅はかさに、呆れ果ててしまう。

そんな自分勝手な理由でこの私を殺そうとするなんて、信じられなかった。

「私が死ぬだけで全てが上手くいくと本気で思っているのなら、救いようがないわね」

大方、脳内花畑の彼らは私が死ねば、あの無能な兄を押しのけ、自分達が次代の国王と王妃になれるのだと思っているに違いない。

(お父様だって大臣達だって馬鹿ではないもの。こいつらに王位を継がせるくらいなら、無害なお兄様を傀儡として即位させるでしょうに)

やがて魔法陣を描き終えた魔法使いは手を止め、カイルに声をかけた。

「……お前も裏切っていたのね」

ちらりとローブから見えた顔にも、見覚えがあった。あれほどの魔法陣を描ける人間など限られているため、ある程度の予想はついていたけれど。

(まさかテレンスまで、私を殺そうとするなんて)

彼は小さな声で「申し訳ありません」とだけ呟き、私に背を向けた。謝るくらいならこんなことなどしなければいいのに、理解に苦しむ。

イヴォンの肩を抱き寄せたカイルは、ベッドの上に転がったままの私を見据えた。

「すまない、ユーフェミア。俺達のために死んでくれ」

「本当にお前は頭が悪いのね。はい分かったわ、なんて言うとでも？」

カイルは「クソ女め」と吐き捨てると、嘲笑(あざわら)うように口角を上げた。

「お前が死んで、悲しむ人間なんていないだろう？　問題ないさ」

そう告げられた瞬間、痛むはずがないと思っていた胸に、鈍痛が走る。

(……それが何だって言うのよ。私が死んでいい理由になんてならないわ)

イヴォンは大きな瞳をさらに潤ませ、カイルを見上げた。

「カイル様、本当のことを言ってはお姉様が可哀想だわ」

「ああ、そうだな。もう時間がない、早く出よう」

カイルはそれだけ言うと、二人を連れて振り返りもせずに部屋を後にする。

一人残された私は、きつく唇を噛んだ。

（本当、最低最悪の状況だこと）

彼らは無事にこの場から離れた後、先ほど描いた転移魔法陣を発動させ、この部屋ごと私をどこかへ飛ばした末、あの魔物に私を食わせるつもりなのだろう。

部屋ごと忽然（こつぜん）と消えれば、証拠隠滅になると思っているに違いない。

お世辞にも立派な作戦とはいえないものの、魔力が封じられている以上かなり危険な状況だった。

やがて部屋全体が大きく揺れ始め、魔物を拘束していた魔道具が外れる。魔物の黒く澱んだ瞳は、まっすぐに私へと向けられていた。

「グルルル……」

腹が空いているのか鋭利な牙が並ぶ口からは、だらだらと涎が滴り落ちていく。

このままでは、一瞬で食い殺されてしまう。

（あいつらに殺されるくらいなら、やれることは全てやって失敗して死んだ方がマシね）

この罪人用の拘束具は一般用のため、国内随一の私の魔力量には耐えきれない可能性があった。とは言え、全ての魔力を一気に解放した場合、この身体が持つかは分からない。

身体が異常な魔力量に耐えきれないせいで、私は普段から魔力を抑え込んでいた。特に子どもの頃は体内の魔法を司る器官が未発達のため、魔力を抑える魔道具を身に付けた上で、当時の魔法師団長に補助魔法をかけさせたほどだった。

このまま全解放すれば、体内を巡る魔力回路が破裂し、身体が木っ端微塵になる可能性がある。それでも。

「――この私が、こんなところで死んでたまるものですか」

そう呟くのと同時に、全ての扉を開くイメージをして、一気に全ての魔力を解放する。

「っう……あ……」

身体がミシミシと聞いたことのない音を立て始め、全身に激痛が走った。痛みを必死に耐え、首につけられた魔道具へ意識を集中していく。

魔物は何かを察したのか、警戒するように一歩二歩と後退った。

（気を緩めたら、死んでもおかしくないわね）

やがて、耐えきれなくなった魔道具が粉々になって首から外れる。同時に解放していた魔力を一気に抑え込んだ私は、思い切り咳き込んだ。

「げほっ……ごほ、っう……」

口からは血が止まらず、意識が遠ざかる。内臓も骨も、相当やられているようだった。喉からは呻（うめ）き声とひゅうという音しか出てこない。

（それでも、魔力さえ回復すればこっちのものだわ）

私は最後の力を振り絞り、棚の中の最上級ポーションを引き寄せる。

無理やり喉に流し込むと、だいぶ痛みが落ち着いた。国一番の治癒魔法使いに一年かけて作らせておいて良かったと思いながら、身体を起こす。

「テレンスの奴、やるじゃない」

思わず褒めてやりたくなるほど、描かれた異空間への転移魔法陣は完璧なものだった。

既に転移は始まっているようで、すぐにどうにかしなければ、私は永遠に異空間に閉じ込められてしまうことになる。異空間では魔法は使えないのだ。

先ほどの私の魔力解放に耐えきれず、床に転がっていた魔物の首を切り落とすと、私はその血を使って別の転移魔法陣を描き始めた。

(もう時間がない。正確な座標を指定するのは無理だし、ひとまず大陸の中心へ)

「どうか、間に合って――」

描き終えた魔法陣にありったけの魔力を込めた瞬間、私は意識を手放した。

全身が軋み、身体が燃えるように熱い。

けれどその痛みが、生を実感させてくれる。

「……っう」

ゆっくりと重い瞼を開けると、暗い視界いっぱいに草木が映った。どうやらここは森のような場所らしい。

異空間は永遠に続く暗闇があるだけで何もないと言い伝えられているため、なんとかギリギリで脱出は成功したのだと悟る。

「……ざまあみろ、だわ」

私がこうして生きていると知れば、イヴォンやカイルは血相を変えて焦るに違いない。絶対に終身刑に処してやると心に決めた。むしろ死ぬだけでは生ぬるい。

(三人まとめて八つ裂きにしてやらないと)

ここがどこかは分からないものの、大陸の中心部ではあるはず。

とにかくリデル王国へ戻らなければと身体を起こすため、地面に片手をついた瞬間、私はぴしりと固まった。

「……は？」

視界に入った手のひらが、やけに小さくて丸かったからだ。

そう、まるで子どものような——と思い至ったところで、私は慌てて自身の頬に両手で触れた。やけに柔らかく輪郭は丸みを帯びていて、肌はみずみずしい。

手足だって、明らかに縮んでいる。慌てて近くにあった水溜りを覗き込んでみると、そこには子どもの頃の姿をした私が映っていた。

「うそ、でしょう……」

どう見たって、四歳ほどにしか見えない。まさか身体に色々と負担をかけすぎた結果、なのだろうか。それでも大人が子どもの姿になるなんて、聞いたことがない。

自身の身体を魔眼で確認したところ、魔力回路はボロボロで、体内の魔力はほぼゼロだった。なんと魔力を貯めておく器官が損傷しており、穴まで空いていたのだ。

（こんなの、いつまで経っても魔力が溜まらないじゃない！）

魔力というのは時間が経てば自然に回復するけれど、この器官が治癒しない限り、永遠に魔法は使えない。

「……どうしろって言うのよ」

こちらも自然治癒するものの、どう見たって完全に治るまで半年はかかるだろう。

そして、気付いてしまう。私が子どもの姿になったのは、魔力を失ったせいだと。

――子どもの頃、当時の魔法師団長が私にかけた補助魔法は「身体の成長に見合った魔力量を保つ」というものだった。

もしかすると今は失われた魔力量に合わせ、身体が縮んでしまったのかもしれない。

（魔力が発現したのは四歳だもの。魔法が使える前の姿になったとすれば、辻褄が合う）

この仮説が正しければ魔力が回復するまでずっと、この姿のままということになる。

魔法も使えない今の姿で、大陸の南部にあり遠く離れたリデル王国へ戻る方法なんて思いつかない。子ども一人でいては、すぐに捕まってしまうのがオチだ。

（遠く離れた場所で、魔法も使えないこの小さな姿でユーフェミア・リデルだと名乗ったところで誰も信じてはくれないし、助けてくれないでしょうね）

敵方にはテレンスもいるのだ。万全な状態でなければ、戻れたとしても危険はあるだろう。

とは言え、見知らぬ土地で魔法もまともに使えない四歳程の姿で半年ほど無事に過ごすなんて、不可能に近い。生まれて初めて「詰んだ」と思った。

（こんなにも無力さを感じたのも、生まれて初めてだわ）

私はあらゆるものに関して秀でていたけれど、「大国の王女」という立場と「魔力」があったからこそ、何ひとつ困らずにいたのだと気付く。

（全てあいつらのせいよ、絶対に許さない）

そもそもはイヴォン達があんな愚かなことをしなければ、私がこれほど困ることも無かったのだ。

改めて怒りが込み上げてきた私は、落ち着くために小さく息を吐く。

ここで座り込んでいても、何の解決にもならない。

小さな身体には大きすぎる、脱げかけていたネグリジェを巻き付け、身に纏（まと）う。

魔法さえ使えれば、サイズだってすぐに直せるというのに。

自身がどれほど魔法に頼りきっていたのかを自覚しながら、立ち上がる。

「とにかく、街へ行くべきよね」

ひとまず生き延びるには、人のいる場所を探すしかない。

私は子ども時代、天使と呼ばれるほど最高に愛らしかったのだ。頼れるまともな大人を探さなければ、あっという間に不届き者に捕まって売り飛ばされる可能性がある。

魔法が使えない以上、気を付けて行動しなければと思っていた時だった。

「あれ、アルバート様。こんなところに子どもがいますよ」

なんと目の前に突然、騎士の風貌(ふうぼう)をした若い男が現れたのだ。誰かに話しかけるように声を上げており、仲間がいるらしい。

そんな男の腰に下げられた剣の柄に象(かたど)られた紋章には、覚えがあった。

(あれは……間違いなくオルムステッド帝国の国章だわ)

つまりここは、オルムステッド帝国の可能性が高い。男の身なりからは、かなり位が高い騎士であることが窺える。

長い金髪を低い位置でひとつに束ねた騎士は、やけに綺麗な顔をしていた。騎士はやがて目線を合わせるようにしゃがみ込むと、じっと私の顔を見つめた。

「どうしてこんな所に一人でいるんだ？　親はどこにいる？」

「……………」

こんな深夜に、子どもがこんな姿で一人で森の中にいては、不審に思うのも当然だ。

(身分はしっかりしていそうだし、妙な輩に捕まる前にこの男を頼った方が良さそうね)

そう思った私はプライドを捨て去り、なんとか笑顔を向ける。

「何もおぼえてないの。なまえも、ぜんぶ」

ボロボロの姿で記憶がないと言う愛らしい子どもを、捨て置けるはずがないだろう。

私の思惑通り、騎士は同情するような視線を向けてきた。

「それは困ったな。ひとまず保護するから、ついてくるといい」

「はい」

とにかくこのまま、安全な場所に連れて行ってくれることを祈った時だった。

「──どうした、ネイト」

冷え切った低い声が、その場に響く。

同時に鳥肌が立つほどの強い魔力を感じ、反射的に振り返った私は、言葉を失った。

そこにいたのは、驚くほどに整った顔立ちをした男だったからだ。

(なんて、綺麗なの)

月光を受けた銀髪は輝き、長い睫毛が宝石に似た紫色の瞳を煌びやかに縁取っている。

私が知る限りで間違いなく、目の前の男は一番美しかった。その上、魔力量はかなりのもので、相当な魔法使いであることが窺える。

(まさかオルムステッドにこんな美形がいたなんて……あら?)

そんな中、男の剣へと視線を向けた私は目を瞬かせた。そこに描かれていたのは、皇族の紋章だったからだ。

つまり目の前の男は、帝国の皇族なのだろう。目を細め、オルムステッドについての記憶を辿った私はやがて「あ」と声を漏らす。

(この男が、あのオルムステッドの冷血皇帝なのね)

その評判は、遠く離れたリデル王国にまで届いている。

――オルムステッドでは一時期、王位継承争いが激化していた。

近隣諸国との国交も途絶えていたため詳しくは知らないけれど、結果として第三王子が国王の座についたはず。

そして新国王はあっという間に国を立て直し、帝国となるまで発展させた。

ということまでは知っていたけれど、まさかその皇帝がこんなにも若く美しいなんてと驚いてしまう。元の私より、ほんの少し歳上くらいだろう。

「アルバート様、すぐそこで子どもを見つけたんです」

やがてアルバートと呼ばれた男は、静かに私へと視線を移す。その瞬間、彼は何故か息を呑み、ひどく驚いたように美しい紫色の目を見開いた。

「……っ」

そして数秒の後、その目は悲しげに細められる。

(その反応はなに？)

まるで眩しいものを、辛いものを見るような眼差しに、困惑してしまう。

「アルバート様？　どうかされましたか？」

「……いや、何でもない」

そうは言ったものの、アルバートは観察するように、まっすぐに私を見下ろす。

(まさか、私がユーフェミア・リデルだって気が付いた……?)

この私が子どもの姿でこんな場所にいるはずがないし、大丈夫だろうと高を括っていたけれど、帝国の皇帝の座につくほどの人間ならば、話は別だ。

その場合、厄介なことになりそうだと思っていると、アルバートは再び口を開いた。

「名は?」

「わ、わかりません」

「この子ども、記憶がないようです。自分の名前も分からないと」

「なんだと?」

子どものフリに戸惑う私の代わりに、ネイトが説明してくれる。

訝しむような視線を向けられ、ひとまず頷けば「そうか」とアルバートは納得するような様子を見せた。

ただの子どもだと認識したらしく、私は内心ぐっと拳を握りしめる。

(大人が子どもの姿になる魔法なんて、聞いたことがないもの。大丈夫そうね)

ほっと胸を撫で下ろしていると、ネイトはひょいと私を抱き上げた。

「ひとまず馬に乗せて、王都まで戻りましょうか」

「ああ」

ダンスの誘いすら基本的に受けない私が、こんな風に他人——それも異性に触れられるのは初めてで、思わず悲鳴を上げそうになる。

心の中で「こ、この私に気安く触れるなんて……！」と悪態を吐きながらも、立っているのがやっとなくらい疲れ果てていたのも事実だった。

皇帝の護衛騎士という立場であれば、妙な真似をすることもないだろう。そう思った私は大人しくネイトに体重を預けた。

（ああもう、本当に何もかもが最悪だわ……）

そうして二人は私を連れ、近くの木に繋いでいた馬に跨った。

どうやらここは、オルムステッドの国境近くの森らしい。なぜ彼らは深夜の森の中にいたのだろうと思いながら、ネイトの前に座らされ、馬に揺られる。

隣を走るアルバートは無表情のまま、じっと私を見つめ続けていた。よく見ると、その顔色は今にも倒れそうなほど悪い。

どこか具合が悪いのだろうか。

「それにしても、可愛らしい顔立ちをしていますね。妖精のようです」

「…………」

「ああ、陛下は子どもがお嫌いでしたっけ。今日はもう遅いですし、今夜は王城で預かって明日の朝、すぐに憲兵団に引き渡しましょう。そこで家族を探し──」

「駄目だ」

「……はい？」

（えっ？　どういうこと？）

アルバートの突然の言葉に、私だけでなくネイトも驚いたようで、間の抜けた声を漏らしている。アルバートだけは先ほどと変わらず、無表情のまま。

「この子どもは王城で保護する。家族の捜索のみ憲兵団でさせろ」

「か、かしこまりました」

どうやらネイトにとっても予想外のことだったらしく、なおも戸惑ったような表情を浮かべている。

もちろん私も、帝国の王城で保護されるという急展開に困惑していた。

（子どもが嫌いなんじゃなかったの？　憲兵団の兵所なんかよりはずっと、王城の方が過ごしやすそうではあるけれど……やはり何か勘付いているのかしら）

わざわざ見ず知らずの一般人の子どもを、王城で保護する理由など見つからない。やはり怪しまれているのかもしれない。絶対に気は抜けないと思った矢先、口からはふわあと大きな欠伸が出てしまう。

それを見たネイトは、「ああ」と納得したように頷く。

「眠たいなら眠っていいよ。もう子どもは寝る時間だろうし」

（ああもう、最悪だわ……！　まるで本物の子どもみたいじゃない！）

必死に抵抗しながらも、子どもの身体では襲いかかってくる睡魔に耐えきれず、私はプライドが粉々に砕け散る音を聞きながら、夢の中に落ちていった。

第二章　冷血皇帝

ゆっくりと瞼を開けると、見覚えのない景色が視界に広がっていた。ぼんやりと真っ白な天井を眺めていた私は、数秒の後、はっと身体を起こす。

「そうだわ、私、カイルやイヴォンに殺されかけて……」

子どもの姿になってしまったことも思い出し、慌てて自身の身体へと視線を向けてみたところ、やはり何もかもが小さいままだった。

昨日の出来事は悪い夢ではなかったのだと思うと、頭が痛くなってくる。

(よくもこの私をこんな目に……！　絶対に許さない)

思い出すだけでも、三人に対する怒りが激しい波のように全身に広がっていく。

絶対に力を取り戻し、元の姿に戻って断罪してやると改めて心に誓う。

身勝手な理由でこの私を殺そうとしたのだから、処刑ですら生ぬるい。

「……まずは、元に戻るまで生き延びないと」

確か昨晩は森の中でオルムステッドの皇帝らしき男と騎士に拾われ、帰り道の馬車で寝落ちしてしまったはず。

『ああ、陛下は子どもがお嫌いでしたっけ。今日はもう遅いですし、今夜は王城で預かって明日の朝、すぐに憲兵団に引き渡しましょう。そこで家族を探し――』

『駄目だ』

『……はい？』

『この子どもは王城で保護する。家族の捜索のみ憲兵団でさせろ』

なぜ皇帝――アルバートが私を王城で保護すると言い出したのか、分からない。子どもが嫌いだと言っていたし、理由もなくそんなことをするような人間でもないはず。

（私を保護することで、何か得がある……？）

憲兵団での保護というのはきっと、一時的なものだ。帰るべき家が見つからなければ、孤児院に連れて行かれる可能性が高い。

私ほどの容姿なら、あっという間に引き取り手が決まるはずだし、見知らぬ人間の家にその家の娘として連れて行かれるだろう。それは絶対に避けたい。

それなら、このまま王城で過ごした方が安全だ。アルバートも立場がある以上、子ども相手に妙な真似はしないはず。

目的は分からないものの、ひとまず子どもになりきり、大人しく様子を窺うしかない。

それも世話になる以上、従順な子どもでいるべきだ。従来の私の態度でいれば、アルバートの機嫌を損ね、即孤児院送りになってしまうのは目に見えている。

(そもそも、子どものフリってどうすればいいの?)

物心ついた時から、私は子どもらしい振る舞いなどほとんどしたことがなかった。

(何度か会ったことのある従姉妹の子どもは……そうだわ、とにかく声が大きくてうるさくて舌足らずで、何が面白いのか分からないくらい、ずっと笑顔で……)

私も元々子どもが好きではないため、ほとんど関わりを持ったことがない。幼い頃から大人びていた私は、同年代の子どもと遊ぶこともなかった。

少しでも寄せるべく、周りから可愛がられていた子どもの姿を必死に思い出す。

「……ああもう、本当にありえない」

いつだって他人に顔色を窺われる立場だった私が、子どものフリをして他人に媚びるなんて、昨晩砕け散ったはずのプライドが更にズタズタになりそうだった。

それでも生き延びてあの二人に地獄を味わわせるには、それしかない。

魔力のない子どもとして暮らしていくことに改めて絶望していると、ノック音が室内に響いた。

「お目覚めになりましたか？」

ドアが開きそんな声と共に、ぞろぞろとメイド達が室内へ入ってくる。

やがて一番身分が高そうなメイドはベッドの側で足を止め、深々と頭を下げた。

「本日よりお世話をさせていただく、ドロテと申します」

「よろしく……おねがい、します」

「はい。よろしくお願いいたしますね」

（一体どうして、今の私がこんな扱いをされているの？）

戸惑う間にもドロテや他のメイド達によって風呂に入れられ、可愛らしいレモンイエローの子ども用のドレスに着替えさせられ、丁寧に身支度を整えられた。

私は訳も分からず、されるがまま。

「まあ、とてもよくお似合いです！　まるで天使のようですわ」

「ええ、本当に。もっと良いものを用意しなくては」

メイド達は着飾られた私を見ては口々にそう言って、楽しそうな様子。

このドレスだって、間違いなく高級品だ。幾重にも重なった細やかなレースや、胸元のリボンの中央で輝く宝石からも、それは明らかだった。

鏡に映る私は髪色以外、幼い頃の王女としての姿と何ひとつ変わらない。

「美しい髪が映えるよう、今日は髪飾りを着けるだけにしましょうか」

そう言って微笑んだドロテは、その物腰の柔らかさや品の良さから、下級貴族の令嬢であることが分かる。

（なぜ拾ったばかりの謎の子どもに、こんな待遇をするのかしら）

こんなもの、最上の客人の扱いと変わらない。どうしてアルバートはこんな扱いをするよう指示しているのだろうと、謎は深まるばかりだった。

「朝食の支度が整ったようです。食堂へ参りましょうか」

「はあい」

にっこり笑みを浮かべて返事をするだけで、メイド達は「なんて愛らしいのかしら」と感激するような様子を見せた。

完全に誰もが私が本物の子どもだと思い込んでいるようで、意外と子どものフリは簡単なのかもしれないと思いながら、廊下を歩いていく。

（とは言え、アルバートはそう簡単にいかないでしょうけど）

オルムステッド王国を一代で勢いのある帝国へと発展させたその手腕からも、彼が一筋縄ではいかない人間であることは間違いない。

メイドに手を引かれつつ、気を引き締めながら長い廊下を歩いて行き、やがて辿り着いた食堂には、昨晩ぶりのアルバートの姿があった。

そのすぐ後ろには、騎士であるネイトが控えている。

こうして太陽の光の下で見ても、アルバートの美貌は驚くほどに輝いていた。

（正直、認めたくないけれど、これまでの人生の中で一番の好みだわ）

そんなことを思いながら私は足を止めると、小さくお辞儀をしてみせる。完璧なカーテシーをしては育ちがバレてしまうため、簡単に頭を下げるだけ。

「おはようございます」

アルバートは「ああ」とだけ返事をすると、私も席に座るよう言う。

メイドに抱き上げられて椅子に座ると、目の前には子どもの好きそうな朝食がずらりと並べられていた。フルーツジュースや、デザートまである。

てっきりアルバートには挨拶をするだけで、私は別室で朝食をとると思っていたため、内心驚いてしまう。

（皇帝と身元も分からない子どもが一緒に食事をとるなんて、どうかしてるわ）

困惑しながらじっとアルバートの姿を見つめていると、彼は小さく眉を寄せた。

「どうした？　食事が気に入らなかったのか」

「いいえ」

ひとまず拾ってくれたこと、衣食住を与えてくれたことに対し礼を言うべきだと思った私は、美しいアメジストのような瞳を見つめ返したけれど、なかなか言葉が出てこない。

(誰かにお礼を言うなんて、いつぶりかしら)

思い返せば、ここ何年も感謝の言葉など口にしていなかったことに気が付く。自身を取り巻く全てを当然だと思っていたのだ。

私は小さな手をぎゅっと握りしめると、口を開いた。

「……わたしを連れてきてくれて、ありがとございます。おようふくも」

「いや、俺が好きでしていることだ。気にしなくていい」

ほんの一瞬、驚いたように切れ長の目を見開いたアルバートは、そう言って私から視線を逸らした。その後ろでは、ネイトが小さく頷いている。

(好きでしていること……？　本当によく分からないわ)

食事をするよう促され、お腹も空いていたことから、私は言われた通りにフォークを手に取ると、果物がたっぷり乗ったパンケーキを食べ始めた。

「………………」

無言の中、食事をする音だけが響く。一緒に食べるためにこの場に呼んだくせに、会話をするつもりはないらしい。本当に訳が分からない。

(そう言えば、誰かと普通に食事をするのも久しぶりな気がする)

晩餐会などはもちろん義務のもと参加していたものの、普段は多忙なこと、家族の顔も極力見たくない、会話もしたくないこともあって、食事はいつも一人でとっていたのだ。

「………………」

「………………」

そうは言っても、この状況では一人で食べるのと変わらないレベルだけれど。

とりあえず何か話そうと思った私は、一番気になっていたことを尋ねてみる。

「あの、わたし、なにをすればいいですか?」

「好きに過ごしているだけでいい」

アルバートはそれだけ言い、水の入ったグラスに口をつけた。先ほどから食事にはあまり手をつけず、水ばかり飲んでいる気がする。食欲があまりないのだろうか。

(好きに過ごせって言われたって、どうすればいいのよ)

「欲しいものがあれば言え。何でも用意させる」

「はあい」

笑顔で返事をしたものの、頭の中はやはり疑問や困惑でいっぱいだった。何故そこまでの扱いをされるのか、心底理解できない。

とは言え、何を求められているのか分からないけれど、本当にそれだけでいいのなら、こんなにも楽なことはなかった。

王女としての暮らしをしていた私が、生活レベルを落とすのは何よりも辛い。

とにかくアルバートの機嫌を取ることに注力しようと思っていると、ネイトが口を開いた。

「アルバート様、まずは名前を考えた方が良いのでは？　色々と不便ですし」

「ああ。何か希望はあるか」

以前、自分で名前をつけたものには愛着が湧く、という話を聞いたことがある。

だからこそ、アルバートに名前をつけてほしいとお願いすれば、彼は静かに頷いた。

(半年ほど使う名前だし、どうかそれなりのものにしてほしいわ)

そう思いながら、アルバートの次の言葉を待つ。

「お前の名は——ユフィだ」

そして少しの後、そう告げられた瞬間、心臓が凍りつくかと思った。

(やっぱり、私がユーフェミア・リデルって気付いている……?)

正体がバレているからこそ、この待遇なのだろうか。

心臓が早鐘を打ち、へらりとした笑顔をなんとか顔に貼り付けながらも、言葉が出てこない。するとアルバートは、形の良い眉を顰めた。

「……気に入らないか?」

「い、いいえ。ユフィ、とってもかわいい名前で、うれしい!」

「そうか」

はしゃぐように喜んで見せると、アルバートはやけにホッとしたような様子で、私がユーフェミアだと知っているようにはとても見えなかった。

さほど珍しい名前ではないし、奇跡に近い恐ろしい偶然なのかもしれない。

(本当にびっくりしたわ。心臓に悪すぎる)

その後も無言が続き、食事を終えた後、アルバートはすぐに食堂を出て行った。

私はネイトに連れられて先ほどの部屋——私の自室となったらしい部屋へと向か

う。

「僕には敬語もいらないよ。ネイトって呼んで」

「うん、わかった」

爽やかな好青年といった容貌をしているものの、アルバートの護衛騎士という地位からして、その実力は相当なものなのだろう。

アルバートよりはまだ話しやすいし、ネイトに色々聞くのが良いかもしれない。

「ねえ、どうして、わたしをここに置いてくれるの？」

「あ、やっぱり気になるんだ。あくまで僕の予想だけど——」

部屋に到着し私を抱き上げてソファに座らせると、ネイトは「実はさ」と話し始めた。

「アルバート様は、長年お慕いしていた女性を亡くしたばかりなんだ」

「えっ？」

なんとアルバートは幼い頃から憧れ、思いを寄せていた女性を亡くしたばかりらしい。その悲しみはかなりのもので、命を絶つのではと思ったほどだという。

（ふうん、あの冷血皇帝も恋なんかをするのね）

そしてその女性の幼少期の姿と今の私は、よく似ているのだという。こんなにも愛らしい顔をしているのなら、大人になった姿も相当な美人に違いない。

あのアルバートが好意を抱くのも頷ける。

「アルバート様は幼い頃、その女性に救われたことがあるらしいんだ。同じくらいの年齢のユフィにその方を重ねて、恩返しのつもりでいるのかもしれない」

「……そうなんだ」

あんな目に遭ったものの、どうやら私は運が良かったらしい。

たまたま一番に見つけてくれた人間の恩人に似ているというだけで、こんな高待遇を受けているのだから。

ネイトの話が事実なら、本当にのんびり暮らしているだけで良さそうだ。

とにかく復讐の準備が整うまでは、利用させてもらおうと思う。

「ユフィの家族が見つかるまで、アルバート様を癒してあげてくれない？　昨晩も一睡もできなかったみたいだし。朝食もほとんど手をつけていなかったから、このままじゃ倒れてもおかしくない。とても心配なんだ」

帝国の皇帝ともあろう人間が、そんなにも弱さを見せるのはどうかと思ってしまう。他国だけでなく国内にも、彼の足元をすくってやろうという人間は数多くいるはずだ。

（恋なんてしたことのない私には、とても理解できないわ）

けれどそれほど、アルバートにとって想い人は大切な存在だったのだろう。冷血と言われる彼の心を奪った女性は、どんな人間だったのかと少しだけ気になった。

「それに役に立たなそうだったら、僕がユフィを追い出すし。できるよね？」

「…………」

そんな中、ネイトは爽やかな笑みを浮かべたまま、そんなことを言ってのけた。

笑顔が胡散臭い（うさんくさい）とは思っていたけれど、やはり腹黒い人間だったらしい。

（こんな幼い可愛らしい子ども相手によくもまあ……私よりよっぽど悪徳騎士じゃない）

癒すというのはよく分からないけれど、私が無事に半年間を過ごすため、言われなくともアルバートに媚びて過ごすつもりだ。

本当はその想い人のような振る舞いをするのが良いのだろうけど、彼を救ったというくらいなのだし、私とは正反対で穏やかな心優しい女性に違いない。

私に真似は無理そうだ。

（そもそも、この私が他人の機嫌を取るなんて……けれど、背に腹は代えられない）

私は苛立ちや怒りを全て飲み込むと、にっこり笑みを浮かべた。

イヴォンやカイルを必ず潰すためにも、今はとにかく耐える時だ。

「はあい。元気がでるように、ユフィがんばるね」

（いつか覚えていなさいよ！　この腹黒騎士！　私がお前達を利用してやるんだから！）

こうして私の、「四歳のユフィ」としての波瀾万丈な生活が幕を上げた。

オルムテッド帝国に来てから、あっという間に一週間が経った。

「ユフィ様、おはようございます」

「おはよ、ドロテ」

私、ユフィの朝は早い。多忙なアルバートとの朝食に間に合うよう、起きて身支度をしっかり整えるからだ。

元々の私は多忙のため遅寝早起きの生活をしていたけれど、四歳ほどの身体では睡魔に負けそうになる時がある。その上魔法も使えないのだから、本当に不便で仕方ない。

少しずつ子どものフリも板についてきたとは言え、私のプライドは毎日ズタズタだ。それでも暮らしは快適で、ぐっと文句を飲み込んで今日も愛らしい笑顔を貼り付ける。

「今日はどちらにされますか?」

ドロテが差し示したクローゼットの中には、所狭しと色とりどりの最高級のドレスが並んでいた。アルバートが用意させたらしいものの、度を越えている気がしてならない。

「きょうはこのむらさき! アルバートさまの色だから」

(いい? 私が選んだ理由まで、しっかりアルバートに伝えなさいよ)

メイド達は私の様子を事細かにアルバートに伝えているようで、常に気は抜けない。

そんな私の思惑など知る由もなく、メイド達は「本当に可愛らしいですね」「アルバート様が羨ましいわ」なんて言い、眩しいものを見るような視線を向けてくる。

「今やこのお城に勤める人間は皆、ユフィ様にメロメロなんですよ」

「そうなの? うれしいな!」

確かに私が廊下を歩くだけで、みな幸せそうな笑みを浮かべ、手を振ったりお菓子を渡してきたりするのだ。好かれているという自覚はあった。

見た目がほとんど同じ子どもの頃だって、こんな経験をしたことはない。

もちろん立場の違いもあるけれど、愛想を振り撒くだけでこれほど周りの態度が変わるものだとは思わなかった。

準備を終えて食堂へ向かい、アルバートと朝食をとる。

食事は美味しく、子ども向けの料理も今の子ども舌には合っていて、満足していた。

「とってもおいしい！」

「そうか」

「…………」

「…………」

そしてアルバートは一週間経ってもやはり、驚くほど無口だった。

（まあ、話をしなくていいのは楽でいいわ）

私も最初は気を遣ってなるべく話しかけたりしたものの、今は最低限の会話のみ。

結局、癒すといったって、そもそものアルバートの想い人のことが分からない以上、下手に話をしてボロを出し、イメージが違うと追い出されてしまっては敵わない。

亡くなったばかりの人間のことを聞くわけにもいかず、私は沈黙の中、今日も笑顔を貼り付けたまま食事を続けた。

朝食を終えた後は部屋で読書をしたり、メイド達と庭を散歩したり、お茶をしたりするだけ。

子どもの頃はとにかく勉強をし、大人になってからは常に忙しく働いていたため、物心ついてからこんなにもゆっくり過ごすのは初めてだった。

最初のうちは妙な焦燥感に襲われていたものの、最近は開き直ってのんびりと過ごすことができるようになっている。

「ユフィ様、お茶の後はカードゲームをして遊びませんか？」

「わあ、やりたい！」

そして無邪気な子どものフリをするというのは魔物の討伐よりも気力がいると、この一週間で私は痛感していた。

（最初は馴れ馴れしいと思っていたけれど、悪い気がしなくなってきたのよね）

そんなことを思いながら、目の前に並べられたお菓子やケーキの山に手を伸ばす。

お母様は何もかもに厳しい人だったから、太っては困る、栄養として必要がないものは食べなくて良いと言い、子どもの頃ですらあまり甘いものを食べたことがなかった。

「……おいしい」

思わず本音混じりにそう呟けば、メイド達はそれはもう嬉しそうに微笑む。

（まるで、普通の子どもとしてやり直しているみたい）

甘やかされることに慣れていない私は、落ち着かない気持ちになっていた。

昼食はメイド達と部屋でとり、夕食はこの一週間で二度ほどアルバートと食べている。

アルバートが基本無言なことに変わりはなく、時折じっとこちらを見ているだけ。

「…………」

「…………」

そして私が笑顔を向けると、すっと視線を逸らすのだ。

(何なのよ！　せっかく愛らしい笑顔を向けてやっているのに)

周りから聞く話やアルバートの様子を見る限り彼は相当多忙で、ペースの遅い私の食事に合わせて朝食や夕食を一緒にとる余裕など、本来はないはず。

それでもこの時間を設けるのは、想い人によく似た私の顔を見たいからなのだろうか。

「憲兵団で君の家族について調べさせているが、今のところ進展はないようだ。何かここ数日で思い出したことはあるか」

「ううん。ユフィ、なにもおぼえてない、です」

いくら探したところで、私の家族なんて見つかるはずがない。本当の家族だって、私がこんな姿になっていることなど知りはしないのだから。

四歳の頃の特徴を基に遠い国で人探しをしたところで、足はつかないはず。

(そもそも今、私が王国でどんな扱いになっているのか知りたいけれど……記憶喪失設定の子どもの状態で他国の王女について、聞けるはずがないから困るのよね)

今までは各国に放っている間者（かんじゃ）達に情報を集めさせていたというのに、今や自分のことすら分からないなんてと、苦笑いがこぼれた。

夜眠る時には一人になるため、身体の確認をする。

「……やっぱり、まだ先は長そうね」

想像していたよりもずっと、回復が遅い。このペースでは予想していた半年で戻るかも怪しいところで、口からは溜め息が漏れる。

焦燥感を覚えてしまうけれど、今の私にできるのは時間の経過と共に魔力が回復することを待つだけなのだ。とにかく身体を休めるほかない。

また明日もアルバートや使用人達に愛想笑いを向け、四歳児のフリをしなければならないのかと思うと、気が重くなる。

（そもそもアルバートは、本当にこれで満足なのかしら）

基本的に彼は無表情で何を考えているのか全く読めないため、私のことをどう思っているのか分からない。

明日、ネイトあたりにさりげなく聞いてみようと決め、小さな身体には不釣り合いなほど大きく柔らかなベッドの上で、私は静かに目を閉じた。

日付が変わった頃、区切りの良いところで書類仕事の手を止めた俺は、側で仕事を手伝ってくれていたネイトに「今日はここまでにする」と声を掛けた。

「遅くまでお疲れ様です」

「付き合わせて悪かったな」

「いえ、僕が好きで勝手にやっていることですから」

数時間前に部屋へ戻って休むよう言っても聞かず、ずっと執務室にいたのだ。

心配してくれているのだろうと思うと、自身の不甲斐なさに嫌気が差す。

「ユフィの様子は？」

「とても良い子に過ごしているようですよ。あんなに小さいのに驚くほど聞き分けも良いですし、使用人達は皆、メロメロのようです」

「そうか」

彼女を北の森で拾ってから、もう一週間になる。

——初めてその姿を見た時、あまりの驚きで声すら出なかった。

長年想い続けた彼女に、あまりにもそっくりだったからだ。しばらくの間、息をするのも忘れ、俺はその小さな姿に釘付けになっていた。

記憶がなく帰る場所もないと知り、つい王城に連れ帰ってしまったが、元々子どもが苦手で関わる機会など一切なかったため、どう接していいのか分からない。

「……俺のことを、恐れていないだろうか」

「そんな様子は一切ないですね。ユフィはとても明るくて良い子ですから」

あんなにも小さいのに、泣いたり我が儘を言ったりも一切しないらしい。

家族についても調べてはいるものの、手がかりはないままだ。

「間違いなく貴族の生まれでしょうに、何の情報もないというのも妙ですよね」

「ああ」

育ちというのは身体に染み付いていて、記憶がなくともふとした所作に出るものだ。

間違いなくユフィが上位貴族の娘だろうというのは、俺やネイト、そしてメイド達も共通の考えだった。

そんな貴族の娘が行方不明になれば、間違いなく大ごとになる。それでいて、彼女を探している人間が一切見つからないなんて、明らかにおかしい。

今は国内で調べさせているものの、近々国外も範囲に入れるつもりだ。

「やはりユフィは、あの方に似ていらっしゃるんですか？」

「……ああ、本当によく似ている」

「そうですか。世の中には三人そっくりな人間がいると言いますが、あれほどの美しさとなると、三人もいるとは思えませんね」

眉尻を下げ、困ったように笑うネイトの言う通り、ユフィは驚くほど綺麗な顔立ちをしていた。きっとこのまま成長すれば、いずれ彼女のように美しい女性になるのだろう。

書類の束を簡単にまとめると、小さく息を吐いた。

「リデル王国に動きはないか?」

「昨日、密葬を終えたと発表されたそうです。過去、王族の葬儀をこれほど簡素に済ませたことはなく、民の間でも何かあったのではと噂されているとか」

「……病死というのは、間違いなく嘘だろうな」

「僕もそう思います」

彼女に関する情報は常に集めさせていたが、どこか身体が悪いという話を聞いたことはなく、一週間前にも王国魔法師団と共に魔物の討伐をしていたのだ。

そんな彼女が突然病死し、隠すように弔われたなんて間違いなくおかしい。

オルムステッド帝国の皇帝として葬儀の参列を申し出ても、断られてしまった。

俺だけでなく、彼女と親交のあった近隣諸国の王女も同じだという。

リデル王国が何かを隠しているという確信は、強くなるばかりだった。

「引き続き調査を続けてくれ」

「かしこまりました」

頷いたネイトに礼を言うと、俺は片手で目元を覆った。こうして話をしていても、未だに彼女がこの世にはもういないことが、信じられない。

信じたくない、というのが正しいのかもしれない。

ようやく国が落ち着いた矢先にこんなことになるなんて、夢にも思わなかった。

常に肌身離さず持ち歩いているハンカチを取り出し、そっと指先で撫でる。幼い頃に彼女からもらったハンカチはいつだって、俺の支えだった。

いくら悔やんでも、今更何をしても無駄だということは分かっている。それでも。

「――俺はユーフェミア様がなぜ亡くなったのか、知りたいんだ」

ある朝、朝食を終えて自室にて絵本を眺めていると、ネイトがやってきた。

今日も胡散臭い笑みを浮かべた彼を見て、メイド達は頬を染めている。顔と外面だけは良いようで、女性にかなり人気のようだった。なんだか解せない。

「ねえユフィ、今日はアルバート様とお茶をしてほしいんだ」

「うん、わかった！」

「ありがとう、助かるよ」

（何でいきなりお茶なわけ？　食事中だってまともな会話もないのに）

一緒にお茶を飲んで何が変わるんだと思いながらも、はしゃいだ様子で頷いてみせる。

「アルバート様、ユフィとたくさん話がしたいみたいなんだ」

「そうなんだ！　アルバートさま、ユフィのこときらいじゃない？」

「まさか。可愛くて仕方ないみたいだよ」

（嘘でしょう？　あの態度で⁉　どれだけ不器用なのよ）

けれど私のことを気に入っていると知り、少しだけ安堵する。

まだしばらくは、この生活が守られそうだ。

「じゃあ、午後にまた迎えに来るよ。よろしくね」

二つの翠眼を細め「上手くやらないと、分かってるよね？」とでも言いたげな圧をかけてくるネイトに内心悪態を吐きつつ、こちらも笑顔を返した。

そして午後、昼食を終えて眠気を感じ始めた頃、ネイトが迎えに来た。

メイド達によって着飾られた私を見て、彼は感嘆するように「へえ？」と呟く。淡い水色のドレスの腰元では、ピンクのリボンがふわふわと揺れている。

「わざわざお洒落（しゃれ）してくれたんだ。可愛いね、妖精みたいだ」

「わーい！」

（本当にそう思っているのかしら？　この男こそ腹の中が読めないわ）

以前、追い出すなんて言っていたけれど、ネイトなら本当にやりそうだ。とは言え、アルバートのことを大切に思っているということだけは伝わってくる。アルバートへの対応さえしっかりしていれば、敵に回る可能性は低いはず。

「ユフィ、アルバート様のことはどう思ってる？」

「やさしくて、かっこいい！」

「うんうん。君は小さいのに見る目があるね」

正直、アルバートに対しての印象は悪くない。出自の分からない記憶もない、魔法も使えないただの子どもである私に対し、こんなにも良い扱いをしてくれているのだ。

流石の私でも、感謝はしていた。アルバートに拾われていなければ今頃、孤児院に連れて行かれていたか、犯罪に巻き込まれて売り飛ばされていたに違いない。

会話が恐ろしく弾まないだけで、私を気遣っていることにも気が付き始めていた。

それでも生き延びるため、利用しようという気持ちには変わりないけれど。

「ユフィの話をしている時のアルバート様って、すごく楽しそうに見えるんだ。この後もたくさんお喋りをして、君の明るさと愛らしさで癒してあげてほしい」

「うん！　たくさんお話しするね！」

(会話のキャッチボールすら成り立たないのに、難しいことを言うわね)

それでも私は自身の役割を果たさず、ただ権利を振り翳して恩恵だけを受けている人間が嫌いなのだ。――まさにイヴォンのような人間が。

だからこそ、心底嫌ではあるものの周りが求めている「ユフィ」としての役割は果たそうと思っている。

それが私のためにもなるのだから、尚更だ。

「アルバート様、ユフィをお連れしました」

「こんにちは！」

「ああ」

色とりどりの花が咲き誇り、丁寧に刈り揃えられた樹木が並ぶ、広大な庭園。

その中にあるガゼボに到着すると既にアルバートの姿があり、お茶の準備がされている。

大理石でできたテーブルの上には、私が以前「美味しい」と言ったことのあるお菓子ばかりが並んでいて、胸の奥から不思議な感情が込み上げてくるのを感じた。

「おかし、かわいい」

「そうか」

真顔のアルバートには似合わないくらい、この場は華やかでキラキラとしている。

私にはフルーツジュースを、自身には紅茶を用意させると、アルバートはメイド達に下がるよう言い、やがて二人きりになった。

普段の食事の際には常に何人も使用人が側に控えているため、こうして本当に私達だけになるのは初めてな気がする。

「アルバートさまと、お茶ができてうれちいです！」

「そうか」

子どもは舌が短いせいか時折、意識していなくても幼児のような嚙み方をしてしまい、恥ずかしくなる。

つい照れて俯くと、アルバートは「ユフィ」と私の名を呼んだ。

「俺に対して敬語は使わなくていい。ネイトと同じように話してくれ」

「……いいの？」

「ああ。それに、アルバートでいい」

（流石にそれはやりすぎだわ。下の者達に顔が立たないじゃない）

そうは思っても、もちろん口に出せるはずもなく。笑顔で「はあい！」と返事をする。

一方で、とてつもなく口下手だけれど、アルバートなりに距離を縮めようとしているのは伝わってきた。私としても敬語を使わなくていいのは、楽でありがたい。

「友人は欲しいか？」

「ゆうじん？」

そして言葉が足りなすぎて、何を言わんとしているのか分からない。

私だから何とかなっているものの、本物の子ども相手だったなら、一切会話が成り立たないに違いない。

「メイドとばかり遊んでいても、退屈だろう。同い年くらいの子どもを用意しようかと」

「えっ……」

（お願いだからやめてちょうだい！　子どもの相手なんてしたくないわ！）

恐ろしい提案にぞわりとしながらも、なんとか笑顔を保つ。

ただでさえ子どものフリだけでも辛いというのに、その上で本物の子ども達の相手をするなんて地獄は勘弁してほしい。

「ううん！　ユフィ、ドロテたちとあそぶのだいすきだもん！　このままがいい」

「そうか」

アルバートの納得したような様子に、ほっと胸を撫で下ろす。

基本的に私の要望は何でも聞いてくれるようで、安心した。

（何か話さなければと思うけど、共通の話題もほとんどなければ、記憶喪失設定の私が振れる話題なんて限られているから困るわ）

チョコレートチップの入ったクッキーを齧りながら、沈黙の中で色々と考えていると、先に口を開いたのはアルバートだった。

「突然ここへ連れてこられて戸惑っただろう」

「ううん。ここに来れてうれしい！　ずっとここにいたい！」

こればかりは本音で、元の姿に戻るギリギリまで、ここで良い暮らしをしたいと心の底から思っている。

それが良い形でアルバートにも伝わったのか、彼は瞳を柔らかく細めた。

「好きなだけいるといい」

「ありがと！　……でも、ユフィはなにもおかえしできないの」

健気（けなげ）な子どもの顔をして整いすぎた顔を見つめれば、アルバートは左右に首を振った。

「君は俺の恩人によく似ているんだ。だが、恩を返す前に彼女は亡くなってしまった。ユフィをこうして連れてきたのは、俺の勝手な贖罪（しょくざい）のようなものだから気にしなくていい」

長い睫毛を伏せたアルバートの顔には、深い悲しみの色が浮かんでいる。

（この男は、どうしようもないくらい善人なのね）

幼い頃からたくさんの人間を見てきた私は、多少関わりを持てば、ある程度相手の人となりが分かる。その中でもアルバートは、かなり愚直な人間だろう。

帝国の皇帝ともあろう人間がこんな調子で大丈夫なのだろうかと、自分らしくない心配までしてしまうくらいには。

そもそも、普通なら四歳の子どもに「贖罪」なんて言っても分からないだろうと思いながら、アルバートを見上げた。

「ユフィに似てるひとがいたんだ。あいたかったな」

「ああ。誰よりも美しくて強くて気高くて、俺の憧れであり、全てだった。彼女に少しでも近づきたくて、俺は努力を重ねて今の地位を得たんだ」

この男にそこまで言わせる女性とは、どれほど素晴らしい人間なのだろう。

（アルバートを救えるくらいだし、身分は相当高いはずよね。それでいて私に似て美しい人間が存在していたなら、私の耳に届かないはずがないのだけれど）

とは言え、他国の上位貴族の全てを把握しているわけではないのだ。

それに、あまりその女性の話をしてはアルバートも色々と思い出し、また気落ちしてしまうはず。

話題を変えるため、そして今後のために私は「そうだ」と口を開いた。

「ユフィね、おべんきょしたい！　このくにとか、がいこくのこと知りたい！」

「そうか。家庭教師と本を用意させよう」

「ありがと！」

勉強を口実にすれば、リデル王国の情報だってそのうち手に入るかもしれない。

四歳を相手にどこまで話してくれるかは、不安なところだけれど。

とにかく、少しずつできることをしなければ。

「魔法の勉強もしたいか？」

「えっ？」

「君には魔力があるだろう。あまり多くはないが」

当たり前のようにそう言われたことで、小さく心臓が跳ねた。私のように特別な目がなくとも、相当な魔力を持つ魔法使いの中には魔力感知をできる人間はいる。どうやらアルバートは、後者らしい。

（となると少しずつ魔力が回復していけば、怪しまれるかもしれないわね）

それでも、子どもの魔力量というのは不安定だ。突然跳ね上がることもあるし、才能のある子どもだという顔をしていれば誤魔化せるはず。

本来の私の魔力量まで回復する頃には、元の姿に戻っている可能性が高い。ある程度の魔法さえ使えれば、どこでも生きていける。

（なるべく早めに、ここを出た方がいいかもしれない）

「うーん、まほうはいいや」

「そうか」

とにかく私の意志を尊重してくれるつもりらしく、アルバートはそれ以上、魔法について私に尋ねてくることはなかった。

それから一時間ほどでお茶会は終わり、アルバートはそのまま仕事に戻るようで、私を部屋へ送ると言ってネイトが迎えにきた。

「アルバート様が三日後にまたお茶をしようって。とても楽しかったんだろうね」

去り際、ネイトに何かを言っていたけれど、そんな話だったなんてと驚いてしまう。

（全然そんな風には見えなかったのに。本当に分かり辛いわ）

そもそも何故、自分の口で言わないのだろうか。けれど、アルバートと過ごす時間は不思議と苦痛ではなかった。会話もあまりなく、沈黙ばかりだというのに。

「この調子で頼むよ、ユフィ」

「はあい！」

（お前なんかに言われなくても分かっているわよ！）

今日も心の中でネイトに悪態を吐きながら、私はにっこりと微笑んだ。

それからは数日に一回、アルバートと午後のお茶会をするようになった。

「実はユフィにお願いがあるんだ」

今日もアルバートとのお茶会のためネイトと共に庭園に向かっていると、彼は私をひょいと抱き上げ、そう言い出した。

「なあに？」

「実はアルバート様は未だに、あまり眠れていないようなんだ」

出会った当初より食事の量は増えたようで、多少アルバートの顔色は良くなっている。それでもやはり、まだ問題はあったらしい。

最初は皇帝ともあろう人間が情けないと思っていたけれど、彼がまっすぐな人間であること、慕っていた女性を『俺の全てだった』とまで言っていたことを思うと、もう鼻で笑えそうにはなかった。

「——しいんだ」

そんなことを考えていると、ふとネイトが何かを言っていたことに気が付く。

「うん？」

「ありがとう、ユフィなら引き受けてくれると思ってたんだ」

「えっ？」

決まりね、とにっこり笑みを浮かべるネイトに、嫌な予感がしてしまう。今の「うん」は了承の「うん」ではないというのに。

「えっと、いまなんて」

「ほら、行こうか？　アルバート様が待ってるよ」

私の言葉を遮るようにそう言ったネイトは「言質はとったからな」とでも言いたげな顔をしている。間違いなくわざとだろう。

本当にこの悪徳騎士は子ども相手によくもまあ、と思いながらも、彼だって私がただの子どもであることは分かっているはず。

流石に無理難題はふっかけてこないだろうと思っていた、のに。

「実はユフィ、なかなか夜寝付けないようなんです。利口ですがまだ子どもですし、知らない場所で一人で眠るのは怖いのでしょう」

数分後、アルバートと合流したネイトは、悲しげな表情を浮かべ、そう言ってのけた。

「……そうなのか？」

無表情だったアルバートは心配げに眉を寄せ、私へと視線を向ける。

（は？　ちょっと待って、ネイトは何を言っているの？）

そもそも先ほど、寝付けないと彼が話していたのはアルバートのことだったはず。けれど私としても、思い当たることがあった。

（まさか、私の夜泣きを知っていたの……？）

——実はあの日以来、何度もイヴォンやカイルに殺されかけた時の夢を見るのだ。そして深夜に何度も飛び起き、決まって目からは涙がこぼれていた。

元々、私は殺されかけたくらいで泣くほど弱くはない。けれどこの小さな身体が、精神にも作用しているのかもしれないと考えていた。

（……私でも幼い頃は、たまに夜泣いたことはあったもの）

泣いていることを知られてはお母様に叱られると思い、いつも夜まで我慢しては一人でベッドの中で泣いていたことを思い出す。確かちょうど四、五歳くらいの頃だろう。

ネイトが何を考えているか分からないものの、アルバートに面倒だと思われたくはないと思った私は、すぐに否定しようとしたのだけれど。

「ですから、アルバート様と一緒に寝たいそうです」

ネイトが続けてそう言った瞬間、アルバートの目が大きく見開かれた。

（この男は！　一体！　何を言っているの！）

信じられない発言に驚く私に対し、ネイトは人差し指を立て、しーっと唇に充てがう。

（やっぱりわざとなのね！　本当に勝手なことを……！）

元に戻ったらこの男も罪に問おうと固く心に誓いつつ、心の中で呪詛を唱えた。

「なぜ俺なんだ？　侍女の方が良いんじゃないか」

「ユフィが一番安心できるのは、アルバート様のお側だと言うものですから」

「……そうなのか」

次から次へと口から出まかせを言うネイトに、怒りが込み上げてくる。

（よ、よくも……！　この私に男性と一緒に、ね、眠れですって……⁉）

十九歳の婚前の王女が異性と同衾するなんて、絶対にあり得ないことだろう。

（私はまだ、異性と手を繋いだことだってないのに）

子どもの姿であろうと、もちろん関係ない。生活を保証してもらっている身分でも、許せないラインというものはあった。

それにアルバートだって、元々は子どもが嫌いだと聞いている。いくら好きだった女性によく似ているからと言って、子どもと眠るなんて――。

「分かった。今夜、迎えに行く」

(は……?)

予想外のアルバートの言葉に、私は取り繕うのも忘れ、呆然としてしまう。

(そこは断るところじゃないの？　ど、どうして……)

ネイトは満足げな表情で「良かったね、ユフィ？」なんて言っている。もうこの男は無期懲役でいいだろう。

アルバートが了承してしまっては、断る良い理由など見つからない。私が何か言ったところで、ネイトが適当な理由をつけるに決まっている。

案の定、責めるような視線を向けると、ネイトは「お　い　だ　す　よ」と笑顔のまま口を動かしていた。

(あの男……！　絶対に許さないわ)

あまり嫌がる様子を見せるわけにはいかないため、私は開きかけた口を噤む。

(しかも、今夜ですって……？　嘘でしょう？)

内心怒り狂う私とは裏腹に、アルバートはいつも通りの無表情へと戻っていた。

その後お茶会を終えてアルバートと別れ、ネイトと共に自室へ向かっていた私はぴたりと足を止めると、ネイトをじっと見上げた。

「なんでウソついたの？　ユフィ、アルバートと寝たいなんていってないよね？」

「ごめんごめん。でも、そうでもしないとアルバート様は寝てくれそうになかったから」

案の定、アルバートの睡眠不足を心配してのことらしい。

私と一緒に眠ったところで、解決するとは思えない。むしろ他人がいることで、余計に眠れなくなるのではないだろうか。

それでもネイトには、大丈夫だという自信があるようだった。

「それに、ユフィも怖い夢を見るんだろう？　たまに廊下を歩いていても、部屋の中から啜り泣く声が聞こえるんだ。アルバート様と一緒に眠れば、きっと怖くないよ」

「…………」

やはりネイトは、私が夜中に泣いていることを知っていたのだ。もしかすると、メイド達も知っているのかもしれない。

それでも一緒に眠るなんて、間違いなくお互い睡眠不足が悪化するだけだというのに。

「夜にアルバート様が迎えにきてくださるそうだから、良い子で待っているんだよ」

(気安く触らないでちょうだい！　ここがリデル王国なら、お前なんてとっくに死罪よ)

頭をくしゃりと撫でてくるネイトに対し、怒りをなんとか抑えつけていた私は「はあい」と小さな声で返事をするのがやっとだった。

その日の晩、私はアルバートのベッドの上で頭を抱えていた。

本当にアルバートは子どもが眠るような早い時間に私を迎えにくると、彼の私室へと連れてこられてしまったのだ。

子どもが二十人は乗れるのではないかというくらい、大きなベッドに寝転がされている私のすぐ隣に、アルバートも寝そべっている。

ナイトシャツを着たアルバートの姿は初めて見たけれど、大きく胸元が開いていて私はもう彼の方を見ることができずにいた。

（こ、こんなはしたない状況、信じられないわ……もうお嫁にいけない）

私が絶望する一方、アルバートは肘をつき、じっとこちらを見つめている。

「眠らないのか」

「う、ううん、ねるよ！」

こんな状況で眠れるはずがない。そもそもネイトやアルバートの口ぶりから、一緒に眠るのは今日だけではないような気がして、恐ろしくなっていた。

ひとまずアルバートの視線と、視界の端に見える肌に耐えきれなくなった私は、きつく目を閉じて狸寝入りをすることにした。

しばらくそうしているうちに、アルバートが動き、布が擦れる音が聞こえてくる。そして瞼越しに、部屋の明かりが消されたのが分かった。

まだ子どもの眠るような時間なのだ。てっきりアルバートは私を寝かしつけた後、起きて部屋の中で仕事でもすると思っていたのに、このまま一緒に眠る気らしい。

ネイトの狙いは、いつも遅くまで仕事をしているらしいアルバートを、とにかく早くベッドに入らせることだったのだろう。

「…………」

「…………」

とは言え、毎日こんな時間に寝ていては仕事が大変なことになるのはもちろん、私の身がもたない。どうすればいいのだろうと目を閉じたまま頭を悩ませていた私は、やがてひとつの明案を思いついてしまった。

(そうよ、二度と一緒に眠りたくないと思わせればいいんだわ!)

連日あまり眠れていないというアルバートには申し訳ないものの、やはり婚前の王女が異性と同衾するなんて、あってはならないことだ。

(あなたに恨みはないけれど、一日だけ許してちょうだい。悪いのはあの悪徳騎士よ)

私は心の中でアルバートに謝ると、まずは「寝言作戦」を実行することにした。

「うーん、むにゃむにゃ」

「……ユフィ?」

「このケーキ、おいしい……」

それからも欠片ほど残っていたプライドを捨て去り、しばらく謎の言葉を発し続けた私は二の矢、三の矢として「寝相が悪すぎる作戦」なども畳み掛けるように発動した。

（こ、ここまですれば、アルバートも二度と私と眠りたくはないはず……）

そうしているうちに小さな身体の体力に限界がきたことで、本当に眠くなってしまう。そして私は結局、隣にアルバートがいる状態でも睡魔に負け、眠りについた。

──どうしようもなく怖くて悲しくて寂しくて、仕方ない。

出口のない暗闇に、一人迷い込んだような不安に押し潰されそうになる。

「……ふえぇん……っう……うわあん……」

何が理由かなんて分からないのに、涙が止まらない。誰か私を助けてほしい、一人にしないでほしい、そんな気持ちでいっぱいになる。

「大丈夫だ」

「ひっく……うっ……こわい、よお……」

「俺が怖いものを全て取り払ってやるから、安心していい」

「……っ」

ふわりと何かに包まれるような感覚と、そっと背中を撫でられる感覚、そして穏やかで優しい声に、少しずつ恐怖が和らいでいく。

（……あたたかい）

心地良い温かさに包まれ、縋り付くように手を伸ばす。

すると私を包み込む感覚が、さらに強くなる。

「ユフィ、もう大丈夫だ」

それからも優しい声とぬくもりはずっとずっと、続いていた。

なんだか、すごくよく眠れた気がする。頭がすっきりしていて、気分がいい。

そう思いながら目を開けると、視界いっぱいに素肌が広がっていた。

「…………？」

何だろうと思いながら何気なく視線を上げると、目と鼻の先にアルバートの整いすぎた顔があって、私は石像みたいに硬直してしまう。

アルバートは今もなお眠っているようで、長い睫毛は閉じられている。規則正しい寝息を聞きながら、私は働かない頭を必死に回転させた。

（な、なんでアルバートが……そうだわ、昨日、一緒に寝て……）

「……ユフィ？」

私が驚きのあまりびくりと肩を揺らしたせいで、起こしてしまったらしい。

至近距離でゆっくりと開かれた美しい瞳には、間の抜けた顔をした私が映っている。

「おはよう」

「え、あっ……う」

アルバートの腕はしっかりと私の身体に回されており、そして私もまた彼の身体にぴったり抱きつくような体勢になっていることに気が付き、頭が爆発しそうになった。

（な、なんでこんな……ひっ直接、む、胸板に触れて……！）

なおも固まる私を見て、アルバートは心配そうに眉を寄せる。

「大丈夫か？」

「だ、だいじょうぶ！　おはよ！」

「ああ」

小さく微笑んだアルバートは、まだ動揺している私の背中をそっと撫でる。

この優しい感覚には、覚えがあった。

（そうだわ、昨日の夜も私、夜泣きをしてしまって――）

恐怖や不安の中、ずっと優しい声や体温を感じていたことを思い出す。そのお蔭で私はひどく安心し、再び眠りにつくことができたのだ。

はっきりとした記憶はないけれど、きっとアルバートが泣く私をずっとあやしてくれていたのだろう。疲れていたはずなのに、その優しさに胸が締め付けられる。

同時に昨晩、わざと彼の眠りを妨げてしまったことが恥ずかしくなった。

（本当に私、馬鹿みたいだわ）

居た堪れなくなって両手で顔を覆うと、アルバートの声が降ってくる。

「ユフィは、温かいな」

背中に回されたままの腕が、緩められることはない。

「……アルバートも、すごくあったかい」

「そうか」

思い返せば私は生まれてから一度も、誰かと眠ったことなんてなかった。人の体温がこんなにも優しくて温かくて安心するものだと、私は知らなかった。

気が付けば私の口は、何よりも苦手だった謝罪の言葉を紡いでいた。

「……ごめんなさい」

「何がだ」

「ユフィ、泣いちゃったりしなかった？」

するとアルバートは、小さく顔を左右に振る。

「いや、ずっと静かに眠っていたよ」

そんな言葉に、どうしようもなく泣きたくなってしまう。

（……アルバートの嘘つき）

私は昨晩、寝言を言ったり寝相が悪かったり、あまつさえ夜泣きまでしたのだ。

ずっと静かに眠っていたなんて、大嘘だ。

「ユフィのお蔭で、すごくよく眠れた。ありがとう」

アルバートは、どうしてこんなにも優しいのだろう。他人にこうして優しさを振りまいていては、いつか足元をすくわれてしまうに違いない。

私は、そう教えられて生きてきたのだ。それが間違っているとも思わない。

「ありがとう」

けれど感謝の言葉もまた驚くほどすんなりと出てきて、自分でも驚いてしまう。

「ああ」

アルバートは小さく微笑むと、「また今夜、迎えにいく」なんて当たり前のように言うものだから、私はもう頷くことしかできなかった。

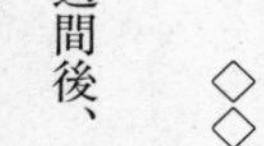

一週間後、上機嫌のネイトはたくさんのお菓子やおもちゃを持って私の元を訪れた。

どうやら私のご機嫌とりに来たらしい。メイド達はやはりネイトの姿を見て、頬をほんのりと赤く染めている。

（みんな、しっかりしてちょうだい！　この男は最低最悪なんだから！）

心の中で今日も今日とて悪態を吐きつつ、笑みを浮かべた。

「ユフィのお蔭で、アルバート様もよく眠れているみたいで助かったよ」

「ほんと？　よかった！」

「うん。顔色もすごく良くなったし、みんな安心してるんだ。ありがとう」

そう言うとネイトは、大きくてカラフルなキャンディを私に差し出した。

――結局あれから毎晩、私はアルバートと眠っている。

未だに落ち着かないけれど、子どもの身体では睡魔に耐えきれず、あっさりと寝落ちしてしまうため、睡眠不足になることはなかった。

（不思議とあの日以来、夜中に泣くこともなくなったのよね）

もちろん私ももう、アルバートの睡眠をわざと妨げるようなことはしていない。

そのせいか、ふと夜中に目が覚めた時、アルバートも心地良さそうに眠っていた。

意外と寝顔はあどけなくて、とても帝国の皇帝には見えないと思ったくらいだ。

「おしごと、だいじょぶなの？」

「ユフィはそんなことまで考えられるんだ、すごいね。このお城には優秀な人間が多いから、なんとかなってるよ。むしろ皆、仕事を任せられて喜んでいるくらいだ」

毎日私に合わせて、子どもの眠るような時間に就寝しているのだ。元々は夜遅くまで働いていたようだし大丈夫なのだろうかと思ったけれど、全く問題はないらしい。

（アルバートは臣下にも慕われているのね。私とは大違いだわ）

そもそもアルバートは、日中のうちに必要な仕事は終えているんだとか。

最愛の相手を失い、少しでも気を紛らわせるため仕事に没頭しようとしていたのかもしれない。

そう思うのと同時に、ちくりと胸の奥が痛んだ気がした。

（……何かしら、今の）

不思議に思いながら手元のキャンディを小さく齧ると、苺の甘い味が口の中に広がる。想像以上に美味しくて、ネイトのお菓子を選ぶセンスだけは心の中で褒めておく。

「これからもアルバート様のこと、頼んだよ」

「はあい！」

私は笑顔で頷きながら、アルバートは今何をしているんだろうなんて考えていた。

第三章　ユフィとしての生活

オルムステッド帝国に来てから、二ヶ月が経った。

「おはよう、ユフィ」

「おはよ！」

アルバートと一緒に眠る生活は続いており、流石に慣れてしまった私がいる。起きた後はまず、アルバートが身支度を整える。私はその間、彼の方を見ないようにして布団に潜り、その後は手を繋いで自室へと送ってもらう。

そして私も身支度を終えた後は食堂へと向かい、共に朝食をとる。いつしかそれが、私達二人の当然の流れになっていた。

（すっかりこの生活にも子どものフリにも、馴染んでしまっているのが恐ろしいわ……）

慣れというのは本当に怖いもので、リデル王国での息をつく間もない忙しい生活が、もう思い出せなくなっていた。

こんなにものんびりとした日々を過ごしていては元の身体に戻った後、しばらく苦労しそうだ。ついでに三時のお菓子もやめられなくなりそうだった。

「ああもう、ユフィ様がずっとここにいてくださったらいいのに」

「わかるわ。一番の癒し、天使よ」

メイド達は私をぎゅっと抱きしめながら、そんな会話をしている。

初めは馴れ馴れしい態度に内心苛立っていたものの、今では不快だと思わなくなってしまったのだから、すっかり私も絆(ほだ)され始めているようだった。

「それでも、陛下は全力でユフィ様のお家を探されているものね」

拾われてからというもの、アルバートは憲兵団だけでなく様々なルートを使って私の家族を探しているみたいだけれど、もちろん見つかるはずはない。

『すまない、できる限りのことはしているんだが……』

アルバートは時々申し訳なさそうな顔をするものだから、こちらが罪悪感を抱いてしまうくらいだった。

かと言って、探さなくて良いなんて言えるはずもなく、今に至る。

（体内も少しずつ回復してきているし、あと五ヶ月もあれば十分そうね）

予定よりは遅いものの、このまま大人しく過ごしていれば問題はなさそうだ。どのタイミングで元の身体に戻るのか分からないため、不安ではあるけれど。

午後になり昼食を終えた私は、家庭教師の下で勉強をしに向かう。

以前、この国や外国のことを学びたいとアルバートにお願いをしたところ、すぐに手配してくれたのだ。

とは言え、やはり子ども向けの授業のため欲しい情報は全く手に入らず、頭の運動にもなっていないのが現状だった。むしろ退屈すぎて苦痛に感じる時間も多い。

「ユフィ様、今日は美術を学びましょうか」

「はあい」

そして四歳相手に地理や歴史だけを学ばせるわけにもいかないのか、歌やダンスまで習う羽目になっている。

ちなみに先日は歌を歌ったところ、教師やメイド達は何故か「尊い」「可愛すぎる」「天使の歌声だわ」などと言って、涙を流していた記憶がある。

そして今日はお絵描きをさせられるようで、内心困っていた。

(私って、とてつもなく絵が上手いのよね。手を抜いても名画が生まれてしまうわ)

どうしようと悩んだ結果、左手で描くことにした。

教師も両利きだと思ったのか何も言わず、そのまま描き始めようとしたのだけれど。

「……なにをかこう」

「ふふ、なんでもいいですよ。ユフィ様の好きなものを描いてください」

そう言われると、逆に困ってしまう。何ひとつ思いつかず、虚しさすら感じた。

(私って、好きなものすらない人間だったのね)

今まで無くても困ることだってなかったし、必要ないと思っていたのだ。

そんな私はしばらく手を止めて悩んでいたけれど、やがて名案を思いついた。

「ユフィ、アルバートをかくね!」

「まあ! とても素敵ですわ。陛下も大変喜ばれると思います!」

日頃のお礼と銘打って、アルバートの絵を描いて贈ることにしたのだ。叔父も確か、娘が描いた絵を散々自慢して歩いていた記憶がある。

何より「好きなもの」と言われてアルバートを描くなんて、可愛らしいに違いない。

あざと可愛い子どもを演じるため、私は紫色の絵の具を手に取り、絵を描き始めた。

（うーん……下手に描きつつ、相手を不快にさせない程度にするのって難しいわ）

そもそも、これくらいの子どもの実力が分からないのだ。

「……できた！」

試行錯誤を続け、なんとか描きあげた絵を見た教師は、ハンカチで目元を押さえた。

「素晴らしいです……ユフィ様の、陛下が大好きだという気持ちが伝わってきますわ」

どうやら上手くいったらしい。

違和感を抱かせることなく描けたことに安堵しつつ、「陛下が大好き」という言葉に戸惑ってしまう。

この絵から、そんなありもしない気持ちが読み取れるのだろうか。

（いやだわ、私は大好きだなんて思っていないのに。勘違いよ）

そうは思っても、なんだか落ち着かない気持ちになる。もちろん、誰よりも私に良くしてくれているアルバートのことは、嫌いではなかった。

(そもそも、他人に対して好きだなんて思ったことがないもの。きっとこれから先もないわ)

私はお世辞にも上手いとは言えない手元の絵を見つめると、小さく息を吐いた。

授業を終えた私は、教師に勧められメイド達と共に絵を持って、アルバートがいるという執務室へ向かっていた。

メイド達は口々に「羨ましい」「国宝になるでしょうね」なんて言っている。今度描いてあげるね、と言えば誰が一番先に描いてもらうかと争い始めたくらいだ。

(こんな絵に、何の価値があるって言うのかしら)

それでも悪い気はしないと思いながら、執務室のドアを軽く叩いた。

「ユフィ？　入ってくるといい」

叩き方で私だと分かったようで、そんな声が聞こえてくる。メイド達は廊下で待っているらしく、一人で中へ入ると、そこにはアルバートとネイトの姿があった。

「どうした？　ユフィが来るなんて珍しいね」

(ふん、お前に用はないのよ。放っておいてちょうだい)

ネイトには笑顔を向けるだけで無視しつつ、アルバートの元へと歩いていく。

「これ、かいたの」

そうして絵を差し出せば、アルバートは珍しくきょとんとした表情を浮かべ、絵と私を何度も見比べた。彼らしくない様子に、思わず吹き出してしまいそうになる。

「もしかしてこれは、俺なのか」

「うん！」

「…………」

アルバートは口元を片手で押さえ、そっと絵を受け取った。その顔は、少しだけ赤い。

気が付けばネイトが側までやって来ていて、絵を覗き込んでいる。

「うわ、すごい上手。アルバート様、良かったですね」

「……ああ」

アルバートはまるで宝物に触れるように指先で絵をなぞると、やがて顔を上げた。

「ありがとう、ユフィ。すごく嬉しい」

そして今まで見たことがないくらい柔らかく微笑み、私の頭を優しく撫でる。その顔にははっきりと、喜びの色が浮かんでいた。

その様子を見た途端、心臓が大きく跳ねてしまう。早鐘を打ち、落ち着かなくなる。

（な、何よこれ……そう、きっと驚いたせいだわ）

ぎゅっと胸元を押さえていると、アルバートは真剣な表情を浮かべた。

「国宝に指定しよう。ネイト、国で一番保存魔法の得意な人間を呼んでくれ」

「ははっ、アルバート様、喜びすぎですよ」

てっきり国宝のくだりは冗談だと思ったものの、どうやら本気らしい。

とにかく喜んでくれて良かったと、ほっとする。衣食住を一方的に与えられているばかりで、常に申し訳なさはあったのだ。

こんなことで喜んでくれるのなら、いくらでもするというのに。

「またアルバートの絵、かくね！」

「ああ。ありがとう」

「ユフィ、僕にも描いてほしいな」

「…………」

（お前の絵なんて描くわけがないでしょう！　あっちへ行って！）

ネイトにはやはり笑顔だけ向けて、返事はしないでおく。

アルバートはいつまでもずっと、私の描いた絵を見つめていた。

あっという間に三ヶ月が経ち、季節は春から夏に変わっている。

食事と睡眠をしっかりとっていることで、アルバートは出会った頃とは別人のように顔色が良くなっている。それでもネイト曰く、まだまだ悲しみは癒えていないらしい。

(私の身体は少しずつ良くなっているものの、それ以外に関しては進展ゼロなのよね)

リデル王国や自分のことなど何も分からないまま、ただ幼女のフリだけが上達してしまっているのだ。最初のうちに感じていた焦燥感やイヴォン達への怒りも、大分薄らいでしまっている気がする。

(きっと、この城の人間達の呑気さが移ってしまったんだわ)

毎日ただ食べて寝て、お茶をして遊んでいるだけの生活を続けていては、怠惰な人間になってしまうのも当然だ。

とにかくこのままではいけないと思った私は、新たな行動に出ることにした。

「ユフィ、おそとにいきたい！」

その日の晩、私は一緒にベッドに入ったアルバートに早速お願いをした。

（民達の会話から、何か情報が入るかもしれない）

すると私のすぐ側で横になって肘をつき、じっとこちらを見ていたアルバートは、あっさりと「では明日行こう」と言ってのけた。

あまりの急な展開に、驚いてしまう。

「気が利かなくてすまない、もっと早く色々と出掛けるべきだった」

「ううん！　ユフィ、おしろすきだよ」

「そうか。では明日の十時に部屋に迎えに行く。準備をしておいてほしい」

「はあい！」

そうして外出することが決まり、「早く寝た方がいい」というアルバートに背中をぽんぽんと叩かれた私は、悲しいくらいあっという間に夢の中へと落ちていった。

そして翌日、朝食をとりメイド達とお喋りをしながらのんびりと身支度を終えた頃、アルバートが迎えに来た、のだけれど。

(な、何なの……この眩しさは……！)

初めて見る私服姿は驚くほど格好良くて、くらりと目眩がした。最近は慣れてきたと思ったけれど、やはりこうして見ると顔が良すぎる。

誰よりも美しい自分の顔に慣れていた私でこれなのだから、周りのメイド達が揃って頬を赤く染めるのも至極当然だろう。

「行こうか」

「うん！」

アルバートに抱き上げられ、ネイトと三人で馬車に乗り込んで街中へと向かう。

(こうして抱っこされることに慣れてしまったのも、本当にどうかしているわ)

どうやらアルバートに姿を隠す気はないようで、このまま街中を散策するらしい。

突然皇帝が街中に現れては民達がパニックにならないのかと心配になったものの、ネイトは「陛下はよく視察をなさっているんだ」と言っていたし、慣れているのだろう。

そう、思っていたのに。

「あの美しい、小さなお嬢様は一体……？」

「まさか陛下の……いや、それはないよな。血縁の方だろうか」

私を抱き上げたまま歩くアルバートによって、街中は騒然となっていた。

（まあ当然よね、未婚の皇帝が謎の美幼女を連れて歩いているんだもの）

それでもアルバートに気にする様子はなく、ドレスショップやおもちゃ屋、お菓子屋を渡り歩き、店でも開くのかというくらい大量購入を繰り返している。

「他に欲しいものはないか」

「うん、もうたくさんだもの。ありがと！」

「そうか。ではそろそろ昼食にしよう。何が食べたい」

「ええとね、おさかな」

「分かった。魚料理の美味しい店に行こう」

いつだってアルバートは私優先で、優しすぎる。甘やかしすぎな気がしてならない。

（こんなに甘やかしていたら、女性はみんなつけ上がってしまうでしょうに。……ああ、けれどアルバートが選ぶ女性なら、そんなこともないのかしら）

そんなことを考えながら、昼食をとる店へ移動していた時だった。

「……アルバート様？」

不意に凛とした、けれど甘さを含んだ声が耳に届く。

同時に私を抱き上げたままのアルバートも足を止め、私を下ろして振り返る。

「ミランダか」

そこにいたのは、一人の貴族令嬢だった。真っ白な肌の上に形の良いパーツが正しい位置に並んでおり、かなり整った顔立ちをしている。

その身なりや所作（しょさ）からは、上位貴族であることが窺えた。ハーフアップにまとめられた栗色の美しく長い髪が、時折風に揺れている。

（あら、なかなかの美人じゃない。もちろん私には劣るけれど）

彼女は長い睫毛に縁取られた空色の瞳をぱちぱちと瞬かせ、私とアルバートを見比べていたものの、やがてふわりと微笑んだ。

「ごきげんよう、陛下。まさか街中でお会いできるなんて！　嬉しいです」

「ああ」

アルバートはそれだけ言い、再び口を噤む。やはり誰に対しても基本的に無口らしい。

「そちらのお姫様は……？」

やはり私のことが気になるようで、そんな彼女にアルバートは「訳あって預かっている子どもだ」とだけ説明した。

簡潔すぎる説明をフォローするように、ネイトがすかさず口を開く。

「もちろん陛下の隠し子なんてことはありませんから、安心してくださいね」

「ふふ、そうなのね。安心したわ」

ネイトとミランダのやりとりやその雰囲気から、すぐに察した。

（ふうん、アルバートのことを狙っているのね）

未婚の皇帝――それもこれほど若く眉目秀麗な男性となれば、皇妃の座を狙っている令嬢は尽きないのだろう。至極当然のことだ。

「お名前はなんと言うのかしら？」

「………」

そうは分かっていても何故か胸の奥がもやもやとしてしまった私は、ミランダに返事することなく、アルバートの影に隠れた。

するとアルバートも予想外だったのか、心配そうに私を抱きしめた。

「大丈夫か、ユフィ」

「ユフィが人見知りをするなんて珍しいですね。ミランダ様があまりにもお美しいから、驚いてしまったのかもしれません」

（お前は黙っていなさいよ！　何を的外れなことを言っているのかしら）

やけにミランダの機嫌をとるような態度のネイトが、ミランダとアルバートの中を取り持とうとしているのは明らかだった。

「ユフィ様と言うのね、本当に可愛らしいです。ぜひ仲良くなりたいわ」

「ミランダ様は子どもがお好きなんですね」

「ええ。けれどユフィ様は、可愛らしさが別格ですもの。アルバート様がこうして可愛がられている理由も分かります」

ミランダは「お引き止めしてしまい、申し訳ありませんでした」と言うと、頭を下げて会話を切り上げた。その引き際も自然でほどよく、育ちの良さを感じさせる。

やがて彼女と別れ歩き出したアルバートに、やけに嬉しそうなネイトが声を掛けた。

「ミランダ様、今日もお美しかったですね」

「…………」

「再来月は舞踏会もありますから、ぜひミランダ様と」

「考えておく。ユフィ、大丈夫か？」

一方、アルバートはさほど彼女に興味がないらしく、私の心配をしているようだった。

「あのひと、だれ？」

「ミランダ様は公爵令嬢で、アルバート様の幼馴染だよ。本当に何もかもが完璧な方で、国中の男の憧れなんだ。天使のようにお優しくて素敵でね」

「……そうなんだ」

アルバートの代わりに、ネイトが答えてくれる。

（なるほどね。その身分で見目も評判も良いんだもの、ネイトが勧めるのも分かるわ）

そんな女性が幼い頃から側にいたのに目もくれず、長年想い慕っていた相手というのは一体、どれほど素晴らしい女性なのだろうか。

もう私には、想像もつかなかった。

その後はレストランで美味しい昼食をとり、そろそろ帰ろうかと話していた時だった。

「――この間の見合い相手が、それはもう綺麗な女性だったんだよ」

「へえ、そんなにか。良かったな」

近くにいた貴族らしい青年達が、そんな会話をしているのが聞こえてくる。

「ああ、あれほど美しい人は見たことがないくらいだ。生きてきた中で一番の美女かもしれない」

「本当に？　お前、前はリデル王国のユーフェミア王女が世界一って言ってたけど」

「あー、やっぱりユーフェミア様が一番だろうな。あれは別格だよ」

思いがけず自分の名前が出たことで、少しだけどきりとしてしまう。こんなにも離れた国で名前が聞こえてくるほど、私は有名だったらしい。

（あら、見る目があるじゃない。私が美しいのは当然の事実だけれど）

とにかく良い機会だと思った私は、間違いなく今の会話が聞こえていたであろうアルバートに「ねえ」と声を掛けた。

「ユーフェミアおうじょっていう、きれいなおひめさまがいるの？」

そう尋ねた瞬間、何故か側にいたネイトの表情が焦ったようなものへと変わる。

「…………」

そしてアルバートも、急に黙り込んだ。

（えっ？　何なの、この空気は）

しばらく重苦しい沈黙が続いた末、アルバートは静かに口を開いた。

「――ユーフェミア王女の話は、あまりしたくないんだ」

それだけ言うと、彼は再び無言になってしまう。

日頃お喋りなネイトも何も言わないままで、すぐに理解してしまった。

(やっぱりアルバートは私のことを知っているんだわ。――そして、嫌いみたい)

国内外問わず悪評が流れていることは、もちろん分かっていた。そして私はずっと他人にどう思われようと、気に留めることもなかった、のに。

(……どうしてかしら。すごく傷付いたような気持ちになる)

アルバートに好かれていないと知り、胸がずきりと痛んだ。話すらしたくない上に、ネイトですら気を遣うくらいなのだ。相当私が嫌いなのだろう。

「じゃあ、ちがうおはなししよ!」

「ああ」

それからはもう何を話したのかも覚えておらず、じくじくと胸は痛むばかりだった。

第四章　初めての感情

「ユフィ様、なんだか元気がありませんね。どこか具合でも……」

「う、ううん！　だいじょぶ！」

心配そうに私の顔を覗き込むドロテに慌てて笑顔を向けると、気合を入れ直した。

今はとにかく手のかからない、元気で明るい能天気な子どもでいなければ。

――アルバートが「ユーフェミア」を嫌っていると知ってからというもの、ずっともやもやとした気持ちになってしまっていた。

（一体どうしてなのかしら？　アルバートのような誠実な人にまで嫌われていた、ということに流石にショックを受けたとか？）

いくら考えても答えは出ず、気分転換をすべく散歩に行くことにする。

ドロテと共に広大な庭園を歩いていると、可愛らしい子猫がひょこっと草木の陰から顔を出しているのが見えた。

(か、可愛い……なんて小さいの)

お父様が動物に触れると体調を崩してしまう体質のため、リデル王国の王城内で生き物は徹底的に排除されていたのだ。

そのため私はこれまで、犬や猫といった動物とほとんど触れ合ったことがなかった。

(ほんのちょっとだけ、触ってみてもいいかしら)

そう思った私は少しだけドキドキしながら、そろりと猫に近づいてみる。

けれど白猫は逃げるように走っていき、慌てて追いかける。やがて猫は物陰で足を止めると、その場にころんと横になった。

「あ、まって」

静かに近づき撫でてみると、ごろごろという音が聞こえ、喜んでいるように見える。

「かわいい……」

温かくて柔らかく、こんなにも可愛い生き物だったなんてと驚いてしまう。口元が緩むのを感じながら、白い毛並みをひたすら撫でていた時だった。

「……ユフィ様の方が、ずっと可愛いですよ」

「えっ？」

そんな声が不意に聞こえてきて、顔を上げる。

するとそこには、長い黒髪を後ろでひとつに束ねたメイドの姿があった。何度か見かけたことはあるけれど、話をした記憶はない。

（いつも遠くからじっとこちらを見ていたのよね。何か用かしら？）

辺りを見回すと、彼女以外の姿はない。猫に気を取られてドロテとはぐれたようで、本当の子どもみたいなはしゃぎ方をしてしまったと反省した。

「ユフィのこと、さがしにきてくれたの？」

「いいえ。私のユフィ様をお迎えに来たんです。ようやく一人になってくれましたね」

「――え」

私のユフィ様、とはどういう意味だろうと思った次の瞬間には、頭から薄い水色の透明な液体をかけられていた。

同時にぐらりと視界が揺れ、とてつもない眠気に襲われる。

（この色や匂い、睡眠薬だわ……どうして、こんな……）

助けを呼ぼうとしても唇すら動かず、もう声は出ない。

そして私は、そのまま意識を手放した。

(……すごく頭が痛い、吐き気もする)

目が覚めて一番に感じたのは目眩や頭痛で、痛みに耐えながら瞼を開ければ、視界いっぱいに見覚えのない部屋が広がっていた。

ピンクや赤で統一された部屋には、やけにフリフリとした小物や人形が所狭しと並んでおり、悪趣味なおもちゃ箱という印象を受ける。

(何よここ……確か妙なメイドに睡眠薬で眠らされて……誘拐でもされたのかしら)

私はこんなにも可愛らしいのだ、誘拐くらいされてもおかしくはないと妙に冷静になりながら、ゆっくりと身体を起こす。

そうして初めて、私自身も悪趣味なレースたっぷりの真っ赤なドレスを着せられていることにも気が付いた。

「ユフィ様、目が覚めたのですね」

するとちょうどドアが開き、あのメイドが部屋の中へと入ってくる。メイドは私の姿を見てうっとりと目を細め、幸せそうに微笑んだ。

「ああ、やっぱりよくお似合いです！　想像以上だわ……愛らしいユフィ様がいて、ようやく私の可愛い世界は完成するのね」

何を言っているのかよく分からないものの、このメイドがおかしいということだけはすぐに理解した。そもそも王城から皇帝の客である私を攫うなんて、メイドの立場なら死罪になってもおかしくないだろうに。

「……私をどうしたいの」

「ユフィ様は、ずうっとここに居てくださるだけでいいんです、大きくなるまで」

「………」

どうやら彼女は、自分の好みのものを集めるのが病的に好きなようだった。そして今の小さな私もそのコレクションの一部にしたいと思い、攫ってきたのだろう。

(悪趣味にもほどがあるわ。でもまあ、アルバート達にあの日すぐ拾われなければきっと、こんな目にはあっていたでしょうね)

今まで運が良すぎたのだと思いながら、手足にしっかり嵌められた手錠と足枷へと視線を向ける。

まだ魔力は溜まっていないため、自力で逃げ出すのは不可能そうだ。

「ユフィ様は泣き喚いたりもせず、本当に良い子ですね。もしかしてこの部屋を気に入ってくれたんですか？　ああそうだ、睡眠薬をかけすぎてしまって、もうまる一日眠っていたんですよ。すぐに食事をお持ちします」

（気に入るどころか引きすぎて言葉も出ないだけよ、変態女）

思い切り罵ってやりたいけれど、ひとまず身の安全のためにも今は耐え、助けが来てくれるのを大人しく待つしかない。

今の私は魔法も使えない、ただの子どもなのだから。

（アルバートはきっと、助けに来てくれる）

そう考えてすぐ、そんな考えも自分らしくないと気付く。今までの私は何もかもを自分の力で対処してきたため、誰かの行動をあてにしたことなどなかったのだ。

（……誰にも、期待なんてしたことがなかったのに）

それでもアルバートは絶対に私を探してくれている、という確信があった。

それから、どれくらいの時間が経っただろうか。

時計もなく食事も不規則に出てくるため、時間の感覚がなくなっていた。

（とりあえず体力温存しようと眠ってばかりいたけれど、早速限界かもしれないわ）

子どもの身体というのは本当に不便で弱く、すぐに体調が悪くなってしまう。

その上、このメイドが食事として出してくるのは見栄えだけ良いお菓子ばかりで、全く食欲が湧かず、眠っていた時間を入れると結局まる二日何も食べていない状態だった。

起き上がることもできなくなり、ただベッドでぐったりとしていたところ、メイドは急に人が変わったように暴れ出したのだ。

「どうして言うことを聞いてくれないのよ……！」

彼女が求めているのは自分の思い通りになる「可愛らしい人形」であって、意志のある人間ではないのだろう。

「……っう」

やがてぐいと髪を引っ張られ、私はメイドの腕を振り払うように叩く。

力が出ずあまり意味はなかったものの、私が抵抗すると思わなかったのか、メイドは細い目を吊り上げ、右手を振り上げた。

思い切り頬を殴られ、初めて感じる痛みに言葉を失う。

今までこんな風に一方的に暴力を振るわれたことなんて、一度もなかったのだ。

痛む頬を押さえる私を、メイドは感情のない目で見下ろす。

「ああ、そうだ。初めから動かなくすれば良かったんだわ」

そんなことを抑揚のない声で言うと、メイドは近くのテーブルの上にあったナイフを手に取り、私はひゅっと息を呑んだ。

(まさか、私を殺すつもりなの?)

虚ろな目を見る限り、もう話が通じる状態ではないのは明らかだった。

「あまり動かないでくださいね、大きな傷が付いてしまうので」

「……っ」

必死に抵抗したものの弱った子どもの力には限界があり、簡単にねじ伏せられ、ナイフのひやりとした切先が首元に当たる。

(怖い)

その瞬間、生まれて初めてはっきりと「死」を意識した。

高ランクの魔物を前にした時だって、イヴォンやカイルに殺されかけた時だって、これほどの恐怖は感じなかった。私には、魔法があったから。

けれど今の私は小さくて弱くて、何の力もない。目の前の絶対的な悪意に対抗する術なんて、何ひとつなかった。

怖くて苦しくて痛くて、目からは涙が溢れていく。

「た……す、け……ア、ルバー……ト……」

無意識のうちに、口からはそんな言葉がこぼれた。

首をきつく押さえられているせいで上手く息が吸えず、意識が遠ざかっていく。

「――ユフィ！」

それと同時に、ドアが蹴破られる大きな音と共に、私の名前を呼ぶ声が耳に届いた。

次の瞬間、私の上に覆い被さるようにしていたメイドは視界から消える。

(アルバートが、助けに来てくれた)

ぼやける景色の中、今にも泣き出しそうな顔をしたアルバートと視線が絡む。ボロボロであろう私よりも、ずっとひどい顔をしていた。

その顔を見ただけで、どれほど心配してくれていたかが伝わってくる。

「ユフィ！　すまない、俺は――」

ほっとするのを感じながら、私の意識はぷつりと途切れた。

瞼を開けた瞬間、視界いっぱいにアルバートの整いすぎた顔があって、声にならない悲鳴が漏れた。

「ユフィ、大丈夫か」

「だ、だいじょ、ごほっ、う」

声が出し辛く咳き込んだ私に、アルバートはすぐに水を飲ませてくれる。

どうやら気を失っている間に私は王城の自室へ運び込まれ、手当をされたらしい。

ベッドの側にはアルバートとネイトの姿があり、肩の力が抜けていく。

「怖い思いをさせて、すまなかった」

そう呟いたアルバートは何も悪くないのに、ひどく自分を責めているようだった。

「アルバートは、わるくないよ」

「いや、俺が悪い。ユフィをここへ連れてきたのは俺なんだ。そんな君を守るのは当然なのにこんな目に遭わせてしまった。本当にすまない」

悪いのはあのメイドだというのに、アルバートは悲痛な表情を浮かべたまま。

　これ以上そんな顔をしてほしくなかった私は、無造作にベッドの上に置かれていたアルバートの手を、そっと両手で包んだ。アルバートがきてくれて、うれしかった。

「たすけてくれて、ほんとうにありがと。アルバートがきてくれて、うれしかった。アルバートがきてくれるって、しんじてた」

「……ユフィ」

「アルバート様の取り乱し様、見せてあげたかったよ」

　重苦しい場の雰囲気を変えるように、ネイトがそう言って笑う。

　余計なことを言うなとアルバートはネイトを軽く睨み、続けた。

「ネイトも二日間、眠らずにユフィ捜索の指揮を執っていたんだ。周りからの休めという声も無視して、ずっとユフィを心配していた」

「えっ？」

　まさかネイトがそこまでしてくれていたなんてと、驚いてしまう。やはりアルバートのためだろうかと考えていると、彼はそんな私を見て肩をすくめた。

「すごい顔するなあ。僕だってユフィのこと、可愛いと思ってるのに」

「…………」

「そんな驚く？　意地悪しすぎたかな」

困ったように微笑むと、ネイトはベッドに座る私と目線を合わせるように屈む。

「助けに行くのが遅くなってごめん。これからはちゃんと守るから」

「……ありがと、ネイト」

「うん、任せて。犯人はちゃんと捕まえたから、安心してね」

綺麗に口角を上げ、くしゃりと私の頭を撫でる。

(ネイトも本当に、私のことを心配してくれていたのね)

その表情や優しい手つきから、その気持ちが伝わってくる。散々、悪徳騎士だと心の中で罵ってきたけれど、これからは少し見方を変えてみようと思う。

「じゃ、僕は少し寝てきます。アルバート様も早めに休んでくださいね」

「ああ」

ネイトは部屋を出ていき、静かにドアが閉まる。

改めて隣に座るアルバートを見上げると、その美しい顔には疲れが色濃く出ていて、本当に寝ていないことが窺えた。

じっと顔を見つめる私をアメジストの瞳で見つめ返したアルバートは、やがて私の頬にするりと触れると、安堵するようにふっと口元を緩ませる。

その瞬間、じわじわと視界がぼやけていく。

「……ユフィ？」

「あれ？　ど、して……」

そして私の両目からは、はらはらと涙がこぼれ落ちていた。涙が止まらず戸惑う私の目元を、アルバートが指で拭ってくれる。

やがて彼は私の背中に腕を回すと、そっと抱き寄せた。

「本当にすまなかった。怖かっただろう」

「……っ」

優しいアルバートの声や体温に、余計に涙が止まらなくなる。

——本当に、怖かった。どうしようもないくらいに怖くて、不安だった。

「……こわ、かった」

「ああ」

「ころされ、るかと、おもって……」

「すまない。絶対にこれからは俺が守る」

気が付けば私は彼の胸の中で子どもみたいに泣き出していて、アルバートは私が泣き止むまでずっと優しく背中を撫でてくれていた。

（ダメだわ、精神まで子どもになってしまいそう）

「アルバート、ごめんね。とにかくやすんで」

「ああ」

相当疲れているだろうし、いつまでも甘えているわけにはいかない。部屋へ戻って、ゆっくり眠ってほしいという気持ちを込めて、そっと胸元を腕で押す。

「ユフィがいなくなったと知った時、目の前が真っ暗になった」

けれど彼はやがてぽすりと、私の小さな肩に顔を埋めた。

「……もう二度と、あんな思いはしたくない」

身体に回されていた腕に、力がこもる。まるで大切だと言われているようで、ぎゅっと胸が締め付けられた。

(アルバートの側にいると、すごく安心する)

心の中に温かいものが広がっていくような、けれど胸がどきどきして落ち着かない、不思議な感覚がする。

そして私達は結局、そのまま二人で眠ってしまったのだった。

第五章　舞踏会

誘拐事件から半月が経ち、過保護すぎるほどの待遇を受けていた私は、一気に魔力が回復しているのを感じていた。

（魔力を貯める器官が治ってきたことで、魔力が溜まり始めたのね）

それと同時に、この生活にはいつか終わりがあることを思い出す。私は思っていた以上に「ユフィ」としての暮らしに慣れきってしまっていたらしい。

けれど完治するまでには、あと二ヶ月ほどはかかるはず。

（それにしても、私はいつまでこの姿のままなのかしら）

魔力が戻り始めても、小さな身体に変化はないまま。完治する頃には、絶対に元に戻れるだろうと考えていた、そんなある日。

「――ぶとうかい？」

「ああ、二週間後に王城で行われるんだよ」

何故か私の三時のお菓子タイムに混ざっていたネイトは、そう言って頷いた。彼はアルバートの護衛騎士のはずなのに、今や私専属のようになっている。

やけに最近、王城内の様子が慌ただしいとは思っていたけれど、どうやらもうすぐ国主催の大規模な舞踏会が催されるらしい。

そう言えば以前、街中でミランダに会った時にも、そんな話をしていた記憶がある。

「この舞踏会では未婚、結婚していない国中の男女が集まって、結婚相手を探すんだ」

「けっこんあいて」

「うん。でも、今回はアルバート様のお妃選びがメインになるだろうね」

「えっ」

思わず驚いてしまった私を見て、ネイトはくすりと笑った。

「寂しいだろうね、ユフィからすれば。でも、アルバート様はそろそろ結婚しないといけない立場なんだ。世継ぎがいないと新たな争いの火種になってしまうから」

こんなことを言っても、まだユフィには分からないか、とネイトは笑ったものの、もちろん彼の言っていることは理解できる。

アルバートの兄弟は皆、彼が皇帝になる際に命を落としたと噂で聞いている。世継ぎなどの問題もある以上、年齢的にもそろそろ身を固めなければいけないだろう。

（……どうしてこんなにも、胸が痛くなるのかしら）

元々の私は健康そのものだったというのに、最近はこうしてずきずきと胸が痛み、苦しくなることが増えた気がする。

子どもの身体になったことで、どこか悪くなってしまったのだろうか。

そんな私に、ネイトは続ける。

「舞踏会では一番好意を抱いている相手に、ファーストダンスを申し込むんだ。アルバート様にはぜひ、ミランダ様を誘ってほしいんだけどね。どうなることやら」

「………」

「大丈夫、ミランダ様もユフィのことは可愛いって言っていたし、お二人が結婚したとしてもユフィのことは可愛がってくださると思うよ」

ネイトは珍しく私を気遣うようにそう言ったけれど、順調に身体も魔力も回復している私は、後二ヶ月ほどでこの国を離れる予定なのだ。

（アルバートが誰と結婚しようと、私には一切、関係のないことだわ）

それなのに、胸の中にもやもやとした気持ちは広がっていくばかりだった。

その日の晩、いつものように眠る前にアルバートと話をしていたところ、いつしか話題は舞踏会へと変わっていた。

「その日の晩は遅くなる。騎士達や侍女にはユフィの側にいるよう、伝えておく」

「………………」

「ユフィ？」

優しいアルバートは私が一人で眠ることがないよう、気遣ってくれている。

それでもやはり何故か、素直に送り出すような気持ちにはなれない。

「――ユフィもぶとうかい、いきたい」

そして気が付けば私は、そんなことを口にしていた。

（わ、私ってば、何を……）

貴族ですらなく身元も分からない人間――それも社交デビューすらできない年齢の子どもが舞踏会に参加するなんて、ありえないことだ。

すぐになんて無理なお願いをしてしまったのだろうと我に返った私は、慌てて取り消そうとしたけれど、先に口を開いたのはアルバートの方だった。

「分かった。ドレスを用意しておこう」

「えっ？」

それでもアルバートはあっさりと許可してくれて、戸惑いを隠せない。

「ユフィの好きな菓子やケーキも用意させておく」

「あ、ありがと……」

（アルバートって、私に甘すぎやしないかしら）

そうしてまさかのまさかで、私も舞踏会への参加が決まってしまったのだった。

舞踏会当日。アルバートが用意してくれた薄い橙色のチュールを重ねたドレスに身を包んだ私に、ドロテを始めとするメイド達はうっとりとした視線を向けてくる。

「ああ……ユフィ様、天使です。地上に天使が舞い降りました」

「ええ、ええ。間違いなく世界で一番愛らしいですわ」

流石に褒めすぎだと思いつつ、全身鏡に映った私の姿は、想像以上に可愛らしかった。

このドレスもアクセサリーも全てアルバートが自ら選んでくれたらしく、彼のセンスの良さがよく分かる。何より多忙な中、私のために選んでくれたということが嬉しかった。

その後、準備を終えた私の元へやってきたアルバートは、白と深い青を基調とした豪奢な正装に身を包んでおり、あまりの美しさ、眩しさに目がチカチカとする。

（こんなの、国中どころか世界中の女性が夢中になってもおかしくはないわ）

そんな彼は私の姿を見るなりふわりと微笑むものだから、大きく胸が高鳴った。

「可愛いな。よく似合っている」

「……っ」

それからもアルバートは、何度も「可愛い」と褒め続けてくれる。

他人からの称賛に慣れていたはずなのに、今にも消え入りそうな声で「ありがとう」と呟くことしかできなかった。

やがてアルバートと共に会場へ足を踏み入れた私は、やはり「あの子どもは一体なんなんだ」と言いたげな視線を一身に浴びていた。

（当然よね。私でも同じ反応をしていたでしょうし）

普通の子どもなら泣いていただろうと思いつつ、煌々と輝くシャンデリアの下、辺りの様子をじっと観察する。舞踏会自体はさほど、リデル王国と変わりないように見えた。

唯一違うことがあるとすれば、令嬢達の気合の入りようくらいだろう。

そしてその誰もが、アルバートに熱のこもった視線を向けている。女性からはダンスの誘いができないようで、彼の一挙手一投足に注目しているようだった。

次々に上位貴族らしい人々がアルバートの元へ挨拶に訪れ、その間私はネイトと共に少し離れた場所でその様子を見守っていた。

以前言っていた通り、アルバートは私のためにお菓子やケーキなどをたっぷり用意してくれていたものの、とても食べる気分にはなれない。

やがて会場に流れる楽団の演奏が、先ほどまでとは違う曲調のものへと変わる。メインのダンスの時間が近づいてきているのだろう。

「ネイト、だれかをさそわないの？」

「僕はいいんだ。まずはアルバート様だよ」

とにかくアルバートのことが心配なようで、自身のことについては後回しらしい。確かネイトは私よりも六つ年上だから、彼だってとっくに結婚適齢期だというのに。

「ユフィ、ここにいたのか」

いつの間にかアルバートが側へやってきていて、頭を撫でられる。

押し寄せる人々の波がようやく途切れ、すぐに私の元へ来てくれたようだった。

「ネイトと何の話をしていたんだ」

「だれかとおどらないのってきいてたの。アルバートは、だれかとおどる？」

「……ああ、多分な」

その言葉を聞き、苦しいくらいに胸が締め付けられる。

数ヶ月、側で見てきたアルバートはとても責任感が強い人だった。国のための結婚だって、きっと厭わないのだろう。

そんな彼の視線は、やがて一点で止まる。

「アルバート様、ごきげんよう」

「ああ」

そこにいたのは、ミランダだった。

華やかに着飾ったミランダは同性でも一瞬、見惚れてしまうくらいに美しかった。

周りの男性達も皆、彼女に釘付けになっている。

唯一アルバートだけは、いつもと変わらない様子ではあったけれど。

(こんなちんちくりんの今の私とは、全然違う)

当然のことなのに、悔しいような悲しいような気持ちになってしまう。

「…………」

「…………」

アルバートとミランダの間には、沈黙が流れている。こうして顔を合わせた以上、ダンスを誘うなら今しかないだろう。

会場中の視線もまた、二人に注がれているのが分かる。

(アルバートは、きっとミランダを誘う気だわ)

先ほど会場に入ってすぐ彼が誰かの姿を探していたことにも、気が付いていた。国のことを考えれば当然の判断だと、分かっている。

(ミランダの評判は、メイド達からも聞いたもの。誰もがアルバートと彼女が結ばれることを望んでいるようだった。でも――)

今までに感じたことがないほどの焦燥感が込み上げてきて、心臓が嫌な音を立て、早鐘を打っていく。痛くて苦しくて、ぎゅっと胸のあたりを手で押さえる。

「――」

そんな中、ミランダを静かに見つめていたアルバートが、口を開こうとした時だった。

「やだ！　だめ！」

私は気が付けばそう言って、アルバートの腕をぎゅっと摑んでしまっていた。

けれどすぐに我に返り、自身の行動に愕然としてしまう。

（私いま、何を……こんなの、まるで本物の子どもみたいじゃない）

会場にいた人々も、そして近くで見守っていたネイトも、ひどく驚いた様子だった。

この舞踏会が彼にとって、国にとってどれほど大事なものかは理解していたのに。

（それなのに、私はなんてことを……）

それでもアルバートがミランダと踊るのが、結婚してしまうのが、絶対に嫌だと思ってしまったのだ。

私はこんなにも身勝手で愚かな人間だったのかと、泣きたくなった。

「……っ」

恐る恐る顔を上げれば、やはり驚いたような表情を浮かべるミランダと視線が絡む。

アルバートの方を見られずにいると、不意にふわりと身体が浮いた。

「ユフィ」

ひどく優しい声で名前を呼ばれ、アルバートに抱き上げられたのだと気付く。

（流石にいつも優しいアルバートでも、怒るに決まってる）

そう、思っていたのに。

「分かった」

「――え」

「俺はユフィの嫌がることはしない」

耳元でアルバートはそう囁くと、小さく微笑んで。その瞬間、大きく心臓が跳ねた。

それだけでどうしようもなく安心して、嬉しいと思ってしまう。

（本当にどうかしてる……私も、そしてアルバートも）

アルバートはミランダに向き直ると、「すまない」と声を掛けた。

私はもう恥ずかしさや罪悪感、色々な感情でぐちゃぐちゃになり顔を上げられず、アルバートの肩に顔を埋めることしかできない。

「ユフィの体調が悪いようなんだ、少し抜ける」

「……ええ、分かりましたわ。ユフィ様、お大事にしてくださいね」

「ああ」

アルバートはそれだけ言うと、私を連れてパーティー会場を後にした。

月明かりが照らす静かな長い廊下を、アルバートは私を抱いたまま歩いていく。どうやらまっすぐ彼の部屋へと向かっているようだった。沈黙が続く中、私は静かに口を開いた。

「……ごめんなさい」

あんなにも苦手で嫌いだった謝罪の言葉が、すんなりと口からこぼれ落ちる。

「なぜ謝るんだ」

「ミランダさまとの、じゃまをしたから……」

間違いなく今の出来事は、私の人生の中で一番の失態だった。私的な感情に振り回されること、冷静さをなくすことは、一番してはならないと分かっていたのに。

（それでも今アルバートがここにいることに、安心している自分が嫌になる）

アルバートの立場を考えれば、ミランダと結ばれるのが一番良い。

幼い頃からの彼を知り、理解し、支えることができるのはきっと彼女だけだ。想い人を亡くしたばかりの彼が、側に置こうと思えたのも彼女だからだろう。

――そう、分かっているのに。

（どうして、こんなに胸が痛むの……）

目頭が熱くなって、ぼろぼろと涙がこぼれていく。

リデル王国にいた頃は、泣いたりしたことなんてなかった。この国に来てから、アルバートの側にいるようになってから、私は弱くなってしまった気がする。

「ユフィ」

「っう……ふえ……」

「どうか謝らないでくれ。あのままミランダにダンスを申し込んでいたら、俺は絶対に後悔していたと思う。引き止めてくれて感謝しているくらいだ」

「うわあん……っく……」

アルバートは、本当に優しい。優しすぎて、余計に悲しくなった。

ただの他人の子どもである私にですら、こんなにも優しいのだ。きっと、愛する女性にはもっともっと優しいのだろう。

「俺は、君のそばにいる」

（――アルバートに想われる女性が、羨ましい）

生まれて初めて、誰かを羨んだ瞬間だった。

私はずっと自分が誰よりも美しく賢く、魔法だって優れていて羨まれる立場だと思っていたし、何でも持っている人間だと思っていた。

それなのに、たった一人の男性に想われるだけの人間が羨ましくて仕方なくなる日が来るなんて、想像すらしていなかった。

「今日はもう眠った方がいい。疲れただろう」

やがてアルバートの部屋に着くと、そっとベッドに降ろしてくれる。

「ユフィが眠るまで、ここにいる」

アルバートは私の側に座ると、頭を撫でてくれた。

「おこってない？」

「当たり前だ。……それに俺は一生、一人の女性しか愛せないんだと思う」

そう言って泣きそうな顔で微笑んだアルバートを見た瞬間、自覚してしまう。

（ああ、もうだめだわ）

私はずっと誰かを好きになることも、好きになる必要もないと思って生きてきた。

恋情なんて愚かでくだらない、無駄な感情だと思っていた、のに。

（もう、認めるしかない）

――私はとっくに、アルバートのことが好きだった。

第六章　変化

舞踏会から、一週間が経った。

「あーあ。ユフィってば、やらかしたよね、ほんと」

「……ごめんなさい」

あれからネイトは顔を合わせるたび、こうしてちくちくと文句を言ってくる。けれど完全に私が悪いため、いつも大人しく謝罪の言葉を紡いでいた。

（あの時のことを思い出すだけで、消えてなくなりたくなる）

結局、ネイト以外は誰も、私のことを責めたりはしなかった。けれど絶対に、皇妃誕生の瞬間を邪魔した恩知らずな子どもだと思われているに違いない。

だからこそ直接思い切り文句を言うネイトに、救われたような気持ちにさえなる。

「はあ……」

「あれ、悩み事？　僕に話してみなよ」

「ネイトにだけは、はなしたくない」

「ははっ、やっぱりそれが素なんだ？」

もう私なんて追い出されて当然、むしろその方がいいとすら思えていて、開き直ることにした。ネイトに媚びるのも、そろそろ限界だったというのもある。

「ユフィって笑顔でも全然目が笑ってない時があるし、僕のこと嫌いだよね」

「わたしに好かれるようなりゆう、なにかあった？」

「あはは、ないかも」

こんな態度をとってもネイトは「そっちの方が好きだな」なんて言うくらいで、アルバートに「実はユフィは性格が悪い」と告げ口をするつもりもなさそうだ。

（告げ口したところで、アルバートは私を庇ってくれさえしそうだもの）

少し気が楽になったと思いながら、庭園の花を眺めつつ散歩する。ネイトは黙って私の後ろをついて来ていた。

（アルバートは今、何をしているのかしら）

——恋心を自覚してからというもの、アルバートを見るたび、胸の奥がぎゅっと締め付けられるような痛みを感じるようになった。

それでも彼の心は一生、亡くなった女性に向いたままなのだ。

（この私が初恋を自覚すると同時に失恋するなんて、とんだ笑い話だわ）

その結果、アルバートに対して今まで通りの態度ではいられなくなっていた。

『ユフィ？　眠れないのか』

『う、ううん、おひるねしすぎただけ！』

そんな中、毎晩好きな男性と一緒に眠るなんて、あまりにも心臓に悪すぎる。

きっと今なら、私がアルバートに懐いているということも分かっているだろうし、適当な理由をつけて一人で自室で寝ると言い出しても、あっさり納得してくれるはず。

それでもアルバートの側にいたい、この寝顔を見つめていたいと思ってしまう。

（本当に私、どうしようもない人間になってしまったわ）

何より、こうしてアルバートの側にいられる時間は限られているのだ。完全な回復が見えてきた今、少しでも側にいたかった。

数ヶ月前の自分が今の私を見たら、鼻で笑うに違いない。恋は人を愚かにするという言葉は本当なのだと、身をもって思い知る。

けれど不思議と、そんな今の自分が嫌いではなかった。

「ユフィはアルバート様の前だと、本当に素直で可愛いよね」

「…………」

「でも、アルバート様に幼女趣味はないかな」

「うるさい」

「ごめんごめん。僕もユフィのこと、可愛いと思ってるんだよ。きっとユフィが大人になった頃には、歳の近い良い男に巡り会えると思うし」

(余計なお世話だわ。それにもう、とっくに手遅れよ)

ネイトは私がアルバートへと向ける気持ちが、子どもの憧れに似た恋心だと思っているのだろう。実際のところ、そんなにも可愛らしいものではないのだけれど。

大きな溜め息を吐き、そろそろ部屋へ戻ろうと、くるりとドレスを翻した時だった。

「ユフィ様、こちらにいらしたのですね。三時のお菓子の時間ですよ」

ちょうどこちらへ向かってくるドロテと――その頭上に、修理途中だったすぐ側の屋根から、大きな板が何枚も落ちていくのが見えて、私は息を呑んだ。

「っ危ない！」

側でネイトが瞬時に剣を抜いたものの、この距離では確実に間に合わない。

私は声を上げるのと同時に右手をかざし、風魔法で木の板を全て浮かせると、ドロテから離れた場所に静かに落とした。

(なんとか、間に合った……)

へたりとその場に座り込んだドロテの無事を確認し、ほっと胸を撫で下ろす。少しでも貯めておこうと魔力は使わずにいたものの、しっかりと回復していたらしい。

そうして初めて、ネイトとドロテが信じられないものを見るような目で、私を見つめていることにも気が付いた。

それもそうだろう、私が魔力を持っていることはアルバートしか知らないのだから。

「ユフィ様、いつの間に魔法を……?」

呆然とするドロテの元へ駆け寄ると、私はへらりとした笑みを浮かべ、首を傾げた。

「だいじょぶ？　いまのユフィ、すごかったね！　びっくりしちゃった」

「えっ？」

「なんかね、ドロテがあぶないとおもったら、できちゃったの」

「ユフィ様……本当に、本当にありがとうございます……！」

自分でも驚いたような素振りを見せれば、偶然だとみんな信じてくれたようだ。

こうして危険を感じた際、無意識に魔法を使いこなすという例は珍しくない。

小さく震えているドロテにぎゅっと抱きしめられ、きつく抱きしめ返す。

（……ドロテが無事で、本当に良かった）

私はいつしか、ドロテのことも大切に想っていたのだと気付く。ドロテだけじゃない、他のメイドや使用人達のことだって、きっとそう思っていた。

（いつの間にかこの場所に、馴染みすぎてしまったわ）

これまでのペースを考えれば、あと一ヶ月ほどで完全に魔力は元に戻るだろう。

そうすれば、大人の姿にも戻れるはず。

その後、ドロテには休んでもらうことにして、私はネイトと共に自室へと戻った。

「ユフィは本当に面白いね」

「なにが？」

「本当は魔法、普通に使えるんじゃないの？」

「ユフィ、よくわかんない」

「ふうん？」

明らかに納得していない様子のネイトが出て行った後、私はぽふりとベッドに倒れ込み、大きな溜め息を吐いた。

久しぶりに魔力を使ったせいか、やけに眠たい。この身体は体力がなさすぎるため、魔力が回復したところで使用には限界があるのかもしれない。

（やっぱり身体も元に戻らないと、行動を起こすのは無理そうね）

昼寝をするからしばらく一人にしてほしいとメイドに告げ、再びベッドに寝転ぶ。

そうして、うとうとし始めた時だった。

「――っ」

突然心臓がどくんと大きく跳ね、目の前がぐらりと揺れる。感じたことのない強い目眩にしばらく動けなくなり、私は胸元をきつく掴んだ。

（なに、これ……苦しい……）

落ち着くまできつく目を閉じていたけれど、一分ほど経って急に楽になった私は、小さく深呼吸をした。ゆっくりと目を開け、身体を起こす。

生まれてからずっと健康そのものだったため、こんな風になったのは初めてだった。

「――えっ？」

そんな中、自分の身に異変が起きていることに気が付いてしまう。

「どうして……」

視界の中には懐かしさすら感じる、すらりと伸びた長い腕があったのだ。その先にある細く長い脚もまた、私が思い描いた通りに動く。

（まさか……！）

私は慌ててベッドから降りて全身鏡へと向かう。視線の高さだって、つい先ほどまでとは全く違うことにも気が付く。

「……うそ、でしょう」

やがて鏡の前に立った私は、息を呑んだ。

そこには見間違えるはずもない、十九歳の姿をした私が映っていたからだ。

（元の姿に、戻ったの……？）

鏡に片手をつき、もう片方の手で自身の頬にぺたぺたと触れる。やはり感触も姿も数ヶ月前の私そのもので、元の姿に戻れたのだと確信した。

小さなドレスは裂けており、腰上でブラウスのようになってしまっている。

（急にこんな……どうしたらいいの）

嬉しい気持ちや安堵する気持ちと共に、戸惑いも大きくなっていく。

この姿に戻ってしまってはもう、ここにはいられない。

リデル王国に戻る際には完全な状態がいいと思っていたものの、元の姿に戻りこれだけ魔力が回復していればもう、問題はないだろう。

とにかく今は誰かにこの姿を見られる前に、すぐに準備をして脱出すべきだ。

「……っ」

そう分かっているのに、足が動かない。そしてその理由も分かっていた。

(アルバートと、離れたくない)

私は本当にこの数ヶ月で変わってしまったのだと、改めて思い知る。

(だめだわ、支度をしないと)

私はきつく手のひらを握りしめると、顔を上げた。選択肢など他にないのだ。

ひとまず破れたドレスを脱いだ後は、カーテンを魔法で服のように身体に巻きつけた。

この部屋にあるユフィ用のドレスはどれも華やかで目立つもののため、サイズを調節したところで、逃げ出す際には着られそうにない。

お金も多少ないと困るはずだと、ドレッサーの上にあった宝石のついたアクセサリーをひとつ手に取る。元の姿に戻った後、別の形で必ず返すつもりだ。

それ以外に私が持って行くものなど何もなく、あっという間に支度は終わってしまう。

「……書き置きくらいはしないと」

急に消えたとなれば、心配されるに違いない。書き置きをしたところで、心配されることに変わりはないだろうけれど。

（たった数ヶ月、一緒に過ごしただけなのに……本当の家族より離れがたいなんて）

私は急いで紙とペンを手に取ると、記憶が戻ったこと、このまま私がここにいれば迷惑がかかること、そして感謝の気持ちを綴っていく。

気が付けば目頭が熱くなっていて、本当に自分らしくないと思いながら、最後まで書き終えた後はテーブルの上に手紙を置き、立ち上がる。

「……アルバート、ごめんなさい」

私がいなくなったと知ったら、きっと彼は誰よりも悲しんでくれるに違いない。落ち着いたら「ユフィ」として、手紙を出すくらいは許されるだろうか。

（この姿で「実はユフィが私だった」と言ったら、みんなは信じてくれるかしら）

そんなくだらないことを考えながらバルコニーへ出て、風魔法を使う。そして人目を掻い潜って裏庭へ飛び降りようとした瞬間、再び目眩がした。

「……な、に……」

心臓がばくばくと波打ち、魔法のコントロールが利かなくなる。室内には暴走しかけた強い風が吹き荒れ、私はその場にしゃがみ込んだ。

「は?」

やはり一分ほど経って落ち着いた私は、気が付けばカーテンを頭から被っていて、再び異変に気付く。

視界に映る身体は、いつしか見慣れていた小さなものへ変わっていた。

(どうして? 元に戻ったのは一時的なものだった、ってこと?)

ひどく混乱する中、ノック音が響き、物音が気になったらしいメイド達が心配そうに室内へと入ってくる。

彼女達はやがて強風によってぐちゃぐちゃになった室内と、半裸でカーテンに包まれている私を見て、ふふっと柔らかな笑みをこぼした。

「まあ、ユフィ様。カーテンで遊んでいたんですね」

「…………うん」

(こんな状況を見たら、私が悪戯をしていたようにしか見えないわよね)

私は恥ずかしさや戸惑いでいっぱいになりながら、小さく頷く。

（それにしても、今のは一体なんだったの？）

いくら考えても、答えなど出るはずはなく。

——その後メイド達と共に片付けをしていた私は、先ほど書いた置き手紙が風によって吹き飛ばされ、紛失してしまったことに気付き、冷や汗が止まらなくなった。

血相を変えたメイドが突然「火急の事態」と言って、執務室を訪れた。

「何があった」

同じく側で仕事をしていたネイトも顔を上げ、メイドへと視線を移す。震える彼女の手には、四つ折りにされた小さなメモ紙のようなものがある。

「っアルバート様……実は先ほど、裏庭でこちらを見つけたのです……」

メイドの声は震えており、動揺が全身から滲み出ている。犯罪や反乱に関するようなものだろうかと思いながら、小さな紙を受け取り開く。

そこに書かれていた可愛らしい文字には、見覚えがあった。

（間違いなくこれは、ユフィの字だ）

その字で綴られた内容はあまりに信じられないもので、思わず息を呑む。

「アルバート様？　どうされたんですか？」

「……ユフィの記憶が、戻ったらしい」

「えっ？　本当ですか？」

驚くネイトに紙を渡すと、短い文章を繰り返し確認しているようだった。

「これ、どう見ても別れの手紙ですよね」

「……ああ」

記憶が戻ったこと、ここにいると迷惑がかかること、そして見ず知らずの子どもの自分を拾ってくれてありがとう、優しくしてくれて嬉しかった、ということが綴られている。

「ユフィ様は、ここを離れるおつもりなのでしょうか……？」

はらはらと涙を流すメイドはこの手紙を裏庭で拾ったらしく、ユフィは部屋の窓から落としてしまったのではないかとのことだった。

俺の知る限り、ユフィはこんな嘘を言ったり悪戯をしたりするような子ではない。この手紙を本人が書いたとするならば、書かれていることは本当なのだろう。

直接顔を見て別れを言うのが辛いと思い、手紙を認めたのかもしれない。

「ユフィは今どこに？」

「こちらへ来る直前に確認したところ、いつもと変わらない様子で、お部屋で過ごされておりました……」

今すぐにどこかへ行こうとする様子はないようで、ほっと胸を撫で下ろす。

あんなにも可愛らしく小さな彼女が、一人で城の外を出歩くなんて危険すぎる。

もしも本当に家に帰るつもりなら、大勢の護衛をつけて送り出さなければ。

俺は片手で目元を覆い息を吐くと、この件について絶対に口外しないよう告げ、メイドを下がらせた。ネイトは手紙に視線を落としたまま。

「ユフィが直接何も言ってこないのは、何故だと思う」

「手紙の内容を鵜呑みにするのなら、色々と迷惑のかかる身分の人間だから、でしょうね。今や帝国と敵対する国などもないですし、想像もつかないのですが」

ネイトは軽く首を傾げ、続ける。

「ユフィには何も聞かないつもりですか？」

「……ああ」

そもそもこの手紙自体、本当にユフィが書いたものなのかすら分からないのだ。

仮に本人だとしても、ユフィが直接言いたくないことを無理に聞き出すつもりはない。ここで過ごすのも元の家に帰るのも、彼女の自由なのだから。

何より手紙からは「本当はまだここにいたい」という気持ちが伝わってきた。

それでも帰ることを選んだのなら、俺にできることなど彼女が家に辿り着くその瞬間まで、安全を保証することくらいだろう。

「ネイト」

「はい、分かっております。ユフィをしっかり見張り、護衛の数も増やしますね」

「頼んだ」

そうは思いながらも、胸の奥が痛いくらいに締め付けられる。

ユフィが自身の中で大きな存在になっていることを、改めて自覚した。

——そしてそれは、彼女がユーフェミア様の代わりなどではなく、「ユフィ」だからだということも。

俺はこんなにも無愛想でつまらない人間だというのに、ユフィはいつだって笑顔で側にいてくれた。その存在に、どれほど救われたか分からない。

(だが、ユフィには本当の家族があるんだ。他人の俺には何の権利もない)

何度も繰り返し、自身にそう言い聞かせる。

『アルバート、いつもありがと！』

それでもユフィの可愛らしい声や笑顔が、頭から離れることはなかった。

突然元の姿に戻ってから、半月が経った。

あれから私は二度、元の大人の姿に戻っている。一度目は誰もいない自室で魔法を使ってみた後、二度目はメイド達とかくれんぼをしている時。

（あの時は、本当に焦ったわ）

なんとか隠れ切っている間に子どもの姿に戻ったものの、かなりの冷や汗をかいた。

最初は魔法を使わない限りは大丈夫だと思っていたけれど、そうでもないらしい。

（きっともう、本当に時間がない）

今までは運が良かっただけで、人前で元の姿に戻ってしまう可能性だってある。

補助魔法をかけてから十九年が経っているのだ。

綻びや予想のできない出来事があっても、おかしくはない。

そう思った私は、三日後に王城を出ると決めた。ここまで魔力が回復していれば、完全に元の姿に戻るまでの間くらい、自分の身は余裕で守れるはずだ。

そしてリデル王国に戻った後は、唯一の友人である侯爵令嬢の元へ行くつもりだった。

今の王国内の状況を聞き、準備を整えた後に王城へ乗り込む。私を殺そうとしたとなれば、第二王女や公爵令息と言えど、重罪は免れないだろう。

(それが終わったら、本当は「ユーフェミア」としてまたこの国に来たい)

『——ユーフェミア王女の話は、あまりしたくないんだ』

けれどアルバートは、私のことを嫌っているようだった。そんな私が「ユフィ」だと名乗ってしまえば、彼はきっと「ユフィ」のことも嫌いになってしまう。

(できるならこのまま、アルバートにとって良い思い出でいたいもの)

名前や身分を伏せた上でこの数ヶ月の礼をした後はもう、関わらない方がいい。

——別れの日まで、あと少し。

(この国で過ごしたことで、私は本当に変われた気がする)

オルムステッド帝国で過ごす残り三日間を、大切にしようと決めた。

こそこそと隠れて準備をし、あっという間にアルバートとの最後の晩を迎えた。

一緒にベッドに入っていたアルバートが、じっと私を見つめていることに気が付く。

「アルバート？　どうしたの？」

「可愛いなと思っただけだ」

「えっ」

さらりとそう言われ、顔に熱が集まっていく。

(子どもに対する「可愛い」だと分かっているのに、本当に馬鹿みたい)

ドキドキしているのを必死に隠し、「ありがと」と笑顔を向ける。そんな中、アルバートは私の頭を優しい手つきで撫でるものだから、叫び出したくなった。

「何か欲しいものはないか」

「な、ないよ。たくさんもらってるから」

「そうか。俺にしてほしいことも？」

「……ええと、それはあるかもしれない」

そう答えると、アルバートは「教えてほしい、俺にできることなら何でもしよう」と言ってくれる。本当に彼は「ユフィ」に甘いなと思いながら、私は続けた。

「――ぎゅって、してほしい」

子どもの姿だというのを利用して、こんなことを頼むのは良くないと分かっている。

（けれど、今日で最後だもの）

きっともう二度と、アルバートの温もりを感じることはない。最後の思い出として、これくらいは許してほしかった。

「それだけでいいのか」

「うん」

こくりと頷くとアルバートはすぐに、両手を広げて「おいで」と言ってくれる。

私は小さく深呼吸をすると、アルバートの胸元に飛び込んだ。

（どうしよう、泣きそうになる）

ぎゅっと抱きしめられ、大好きな温もりと匂いに包まれる。思わず涙腺が緩んでしまったものの、今泣いては心配をかけてしまうだろうと必死に堪えた。

「ねえ、アルバート」

「なんだ？」

「……私ね、アルバートが大好き」

そう告げた瞬間、顔は見えないけれど、アルバートがふっと微笑んだのが分かった。

同時に抱きしめられる力が、少しだけ強くなる。

「俺も、ユフィが好きだ」

そんな言葉に、瞳からは一粒の涙がこぼれ落ちていく。

（意味が違う「好き」だとしても、私はこの言葉を胸にこれから先も生きていける）

アルバートがどうしようもなく好きだと、強く思った。

翌朝、目が覚めた時にはもう、アルバートはいなかった。
（良かった。予定通りだわ）

アルバートが忙しく、且つネイトを連れて城を離れている日を狙ったのだ。

私はいつものように身支度を整えてもらうと、メイド達にしっかりとお礼を言い、自室にて一人で朝食をとる。

料理長にも美味しかったと伝えてもらうようお願いした後は、ドロテと二人で庭園を散歩して、たくさんの話をした。

(別の出会い方をしていたら、彼女とも友人になれたかしら)

「ユフィ様といると、すごく幸せです」

「よかった！　ユフィもおなじだよ」

あっという間に一日は過ぎていき、夜、自室にて一人になった私は早速動き出した。

小さな鞄にまとめた荷物を手に、改めて書き直しておいた置き手紙をテーブルに置く。

(この間無くした手紙は結局見つからなかったけれど、誰にも何も言われなかったし、どこかへ飛んでいって誰の目にも触れなかったみたいね。運が良かったわ)

「——さよなら」

バルコニーからふわりと風魔法で飛び降りると、私はそのまま駆け出した。

風魔法を上手く使えば本来、普通の人間には見えない速さで移動できる。とは言え、子どもの姿のままでは格段に遅くなってしまう。

なんとか人目を避けて移動し、アルバートと出会った国境近くの森に辿り着いた。

「……今日は、この辺りで眠ろうかしら」

野宿なんて生まれて初めてだけれど、これぱかりは仕方ない。少しでも早く元の姿に戻ることを祈るばかりだ。

私は適当な大きな木の下に腰を下ろすと、気配を消す魔法と結界魔法を展開する。その一回り大きい範囲には何かが近づいてきた場合、鈴の音が鳴るようにしておいた。

これで魔物に襲われる可能性はかなり下がるだろうし、近づいてきた場合、気が付いて目が覚めるため、対応できるはず。

「……この私が、外で眠るなんてね」

お金があったところで、子ども一人で宿屋に宿泊できるはずがない。何よりアルバートが私を探してくれた場合、すぐに見つかってしまう。

この数ヶ月で、たくさんの初めてを経験してしまった。

(けれど、悪いことばかりではなかったわ)

アルバートの側にいたことで、どれほど自分が傲慢であったかを思い知り、省みるきっかけになった。

過去の自分の言動を思い出すと、恥ずかしくなってしまうことだらけだ。

――イヴォンやカイル、テレンスが私にしたことは許されることではないし、許すつもりもない。

けれど私に何の非もなかったかというと、きっとそうではなかった。

色々と考えているうちに、寂しさや悲しさが込み上げてくる。

(子どもの姿のまま魔法を結構使ったし、身体を休めないと)

私は上着を被って丸くなると、目を閉じた。きっとアルバートが恋しくなるのも、時間が解決してくれるだろう。

そしてあっという間に、私は眠りに落ちていった。

――リンリン、リンリン。

激しく鳴り響く鈴の音で目が覚めた私は、目を擦りながら身体を起こす。

空を見上げてみてもまだまだ夜中のようで、溜め息を吐く。どうやら何かがこの場所にかなりの勢いで近づいて来ているらしい。

「私の眠りを妨げるなんて、いい度胸ね」

Ｆランクやランク程度の魔物なら座った状態、それも片手で十分だろう。そう思い座り込んで上着を被ったまま、近づいてくる影をじっと待つ。

「――――」

けれど、やがて月明かりに照らされたその姿を見た瞬間、私は言葉を失った。

(どうして、ここにいるの)

美しい銀髪も、宝石のような瞳も、見間違うはずがない。

「アルバート……」

その名を呟くと、アルバートは今にも泣き出しそうな表情を浮かべた。

今頃彼は、王都から離れた街にいるはずなのに。私が王城からいなくなったという知らせを聞いて、急いで戻ってきてくれたのだろうか。

アルバートは息を切らしており、その整い過ぎた顔には汗が光っている。いつも落ち着き払っている彼らしくない姿に、胸が締め付けられた。

(自ら探しに来てくれる必要なんて、ないのに……)

こんな状況でも嬉しいと思ってしまった自分に、嫌気が差す。

「ユフィ」

私の名を呼ぶと、アルバートはゆっくりとこちらへ近づいてくる。この場を切り抜ける良い方法など何ひとつ思いつかず、私は頭を抱えた。

素直に謝り、正直に「記憶を取り戻した」「家に帰るつもりだ」と話したところで、優しくて心配性なアルバートは絶対に、護衛をつけて家の前まで送ろうとするはず。

流石にリデル王国の人間と知られれば、正体がバレてしまう可能性だってある。

そもそも途中で元の姿に戻れば、その場で何もかもが終わりだ。

むしろこんな場所まで自ら探しに来てくれたことを思うと、アルバートが直接送り届けてくれるとまで言い出しそうだった。

「――っう」

「ユフィ？」

そんな中、最悪のタイミングで心臓が大きく跳ねる。

この感覚には、覚えがあった。

（まずいわ、このままだと元の姿に戻ってしまう……！）

このままアルバートの前で、元の姿に戻るわけにはいかない。

巻き込みたくない、嫌われたくない一心で必死に逃げようとするも、すぐにアルバートによって後ろから抱きしめられてしまう。

「こんなところに一人でいては危ないだろう！」

「っ離して！　お願いだから！」

必死に抵抗したもののアルバートの力は強く、逃げ出せそうにない。無理やり魔法を使っては彼の身体を傷付けてしまいそうで、動けない。

（——ああ、もうだめだわ）

そう諦めるのと同時に、身体が元に戻っていくのが分かった。

「……っ」

どうすれば良いのか分からず、どうすることもできそうになく、泣きたくなった。

やがて私の身体は、完全に元の大人の姿になってしまう。

「——ユフィ？」

アルバートのひどく戸惑った声が、静かな森に響く。

抱いていた子どもが突然、成人女性の大きさになったのだから当然の反応だろう。

「離してください」

息苦しさがおさまった後、静かにそう言うと、私を抱きしめるアルバートの腕が緩んだ。

そうして彼から離れるように一歩二歩進んだ私は、小さく深呼吸をする。このまま走って逃げたところで、捕まるのは目に見えていた。

（正直に話して、見逃してもらうしかない）

アルバートならきっと、話せば分かってくれる。たとえ嫌っている相手でも、彼なら話をきちんと聞いてくれるはずだ。

とは言え、私の顔を見た瞬間、嫌な顔をされては立ち直れそうにないと思いながら、きつく両手を握りしめ、ゆっくりと振り返った。

美しいアメジストの瞳と視線が絡み、やがて彼の目が大きく見開かれる。

「……アルバート？」

そして次の瞬間、何故かアルバートの目から、ぽたぽたと大粒の涙がこぼれ落ちていた。

もちろん初めて見る彼の涙に、私は動揺を隠せない。

（ど、どうして泣くの？　泣くほど私のことが嫌いとか……？）

彼ほどの人間が泣くなど、相当な理由があるに決まっている。

戸惑う私をまっすぐに見つめるアルバートは少しの後、静かに口を開いた。

「ユーフェミア様……ご無事だったのですね」

想像していたものとは全く違う言葉に、私は言葉を失ってしまう。

(どういうこと?)

まるで、ずっと私を心配していたような声色と口ぶりだった。アルバートは私の身に起きたことについて、何か知っているのだろうか。

言わなければいけないことも、聞きたいこともたくさんあるのに、言葉が出てこない。

「あの、アルバート」

ようやく紡げたのは、彼の名前だけ。名前を呼んだ途端、アルバートの瞳からはさらに涙がこぼれていく。

「……申し訳、ありません」

やがてアルバートは手の甲で涙を拭い、謝罪の言葉を口にすると、呆然とする私の目の前で跪いた。まるで騎士が忠誠を誓うような姿から、目が離せなくなる。

「──俺は、もう一度あなたに会うために生きてきました」

そして彼はまっすぐに私を見つめ、はっきりとそう告げた。

第七章　近づく距離

整備されていない道の上を走る馬体が、時折大きく揺れる。

その度にアルバートと身体がぴったりとくっ付き、「申し訳ありません」と謝られてしまうため、落ち着かない。

――私は今、アルバートと二人で馬に乗り、王城へと向かっていた。

そのすぐ隣には、同じく馬に跨ったネイトの姿がある。

(どうして、こんなことに……)

先ほどの「私にもう一度会うために今日まで生きてきた」という耳を疑うようなアルバートの衝撃発言の後、ネイトが慌てた様子でやってきたのだ。

『アルバート様、ここにいらし――ユーフェミア、様……?』

そして彼は跪くアルバートとその向かいに立つ私の姿を見て、信じられないとでも言いたげな表情を浮かべ、言葉を失った。

やはり彼も、私の顔や名前を知っていたらしい。私の姿絵はあちこちで勝手に売られていると聞いていたし、どこかで見たことがあったのかもしれない。

『なぜ、あなた様がここに……いや、そもそもどうして……』

驚いた様子のネイトは、まるで幽霊を見たかのような視線を向けてくる。

『ユーフェミア様、どうか一度、城へお戻りいただけませんか』

そんな中、アルバートにそう声を掛けられた私は、頷くほかなかった。

二人はこの森まで馬で来たようで、もちろん馬は二頭しかいないため、城までアルバートと一緒に乗ることになってしまった。

時折揺れ、身体が近づく。今までこれくらいの距離感どころか、毎晩のように一緒に眠っていたのに、この姿だと心臓が破裂しそうになる。

「…………」

「…………」

先ほどの言葉の真意など、気になることは数えきれないものの、ひとまず込み入った話は王城に戻ってからにした方が良いだろう。

アルバートもずっと黙っており、私は彼の前に座る形になっているため、今どんな表情をしているのかさえ分からない。

（アルバートは今、何を考えているのかしら）

こんな状況にもかかわらず、彼は先ほど涙を流した以外、落ち着いた様子だった。

ずっと全員が黙っていたけれど、やがてちらちらと私を見ていたネイトが口を開いた。

「……あの、そちらは」

「リデル王国王女の、ユーフェミア・リデル様だ」

私の代わりに、アルバートが答えてくれる。

「ですよねえ。こんなに美しい方は二人といませんから。……ですが何故、ユーフェミア様がここにいらっしゃるんですか？　その、亡くなられたとお聞きしていたので」

「えっ？」

ネイトの言葉に、驚いてしまう。やはり私は、死んだことになっていたらしい。

イヴォンとカイルの仕業に違いない。

「……ユフィは、ユーフェミア様だったんだ」

再び口を開いたアルバートは、気まずさを含んだ声でそう言った。

ネイトが驚くのも当然だ。役に立たないと追い出すと脅し、散々生意気な口を聞いた相手が私だなんて想像すらしていなかっただろう。その顔はあっという間に青くなっていく。

そんなネイトの様子が面白くて、仕返しをしたくなった私は口角を上げた。もうこうなってしまった以上、くよくよしていても仕方がない。

「お前にはとても世話になったわ」

「……申し訳ありません」

「ふふ、どうして謝るの？」

隣を走るネイトを見て笑うと、何故か後ろにいたアルバートの身体がびくりと跳ねる。

どうしたのだろうとアルバートの顔を見ようとしたところ、彼は私から顔を逸らした。

「………？」

その後はひたすらネイトから謝罪を受けているうちに、数時間ぶりの王城へ到着した。

人目を避けるため、アルバートと共にこっそりと裏門から自室へと戻る。

一旦、部屋の前で別れた後、私は大きな溜め息を吐き、前髪をくしゃりとかき上げた。

「……大失敗もいいところだわ」

考え得る中で、一番悪い結果になってしまった気がする。

（そもそもアルバートは何故、私があの場所にいると分かったのかしら）

不思議に思いながら身支度を軽く整えた頃、彼は再び私の部屋へやってきた。

「失礼いたします」

「どうぞ」

こんなやりとりにも違和感を感じながら、向かいのソファを勧める。この姿でアルバートに会うこと自体、なんだか照れ臭く落ち着かない気持ちになってしまう。

普通はこういう時お茶くらい出すものなのだろうけれど、この状況でメイドを呼ぶわけにもいかない。かと言って、もちろん私はお茶を淹れた経験などなかった。

（気の利かない女だと思われるかしら）

そんなことを考えていると、部屋に置かれているティーセットに気が付いたらしいアルバートに、「お茶を淹れさせていただいても？」と尋ねられた。

「あなたが淹れるの？」

「はい。もちろん、ユーフェミア様のお口に合うようなものではありませんが」

「いいえ、そんなことはないわ。ありがとう」

それからアルバートは慣れたような手つきで、二人分のお茶を淹れてくれた。

皇帝である彼がいつ練習したのだろうと思いながら、お礼を言ってティーカップに口をつける。香りも良く、侍女が淹れるものと遜色ない味だ。

「……とても美味しい」

「本当ですか？　良かった」

「ええ。あなたって本当に何でもできるのね」

ほっとしたように、嬉しそうに微笑むアルバートの姿に、どきりとしてしまう。

そもそも帝国の皇帝である彼が、私に対して敬語でへりくだったような態度なのが不思議で仕方ない。

ユフィでいる間の彼に慣れていることもあり、違和感を覚えた。

「ねえ、アルバート。これまで通りの話し方にしてくれないかしら」

「いいえ。ユーフェミア様に対してそんな」

「そのユーフェミア様、っていうのも落ち着かないの。ユフィでいいわ」

「……申し訳ありません、どうか今のままで許していただけませんか」

するとアルバートの彫刻のように整った顔が、真っ赤になっていく。一体どうしたのだろうと思っていたけれど、ふと気付いてしまう。

（まさか私に似ていたから、子ども姿の私にユフィと名付けたとか……？）

私のことを知っていたのなら、あり得ない話ではない。

とにかくアルバートは話し方も呼び方も変える気はないらしく、ひとまずこのまま話を進めることにした。

私も半年近く子どものフリをしていたため、少しでも気を抜けば「あのね、ユフィね」などと言ってしまいそうで恐ろしくなる。

「まず、ずっと正体を黙っていてごめんなさい。それと、私を拾ってくれてありがとう。あなたのお蔭で、無力な子どもの姿でも安心して過ごすことができたわ」

元の姿に戻ってもすんなりと感謝や謝罪の言葉を紡げたことで、自分の変化を改めて感じる。

一方、アルバートは静かに首を左右に振った。

「ユーフェミア様とは知らず、数々のご無礼を」

「私こそ、その、色々と……あ、あの、一緒に眠りたいなんて言い出したのは、私じゃないの！　ネイトが勝手に言い出したことだから！」

「……っ」

慌ててそう告げれば、再びアルバートの顔が赤くなった。

(毎日一緒に寝ていた相手が成人女性だったなんて知れば、そうなるわよね)

今までのことを色々と思い返すと、まともにアルバートの顔が見られなくなる。

いつでも彼に抱き上げられてぴったりとくっつき、あまつさえ「大好き」「ぎゅってしてほしい」などと言ったり、他の女性との関係を妨害したりしたのだ。

子どもがするのと大人の女性がするのとでは、どれも意味が変わってくる。

「…………」

「…………」

居た堪れなくなった私も、じわじわと顔が熱くなっていく。アルバートも同じようで、二人で顔を赤くして俯く状況は、あまりにも気まずすぎる。

「そ、それと、正体がバレないように子どものフリをしていただけで、本当の私はあんな我が儘を言ったり、幼稚なことをしたりはしないの。本当よ。全て演技だったの」

「……承知しております」

しどろもどろになってしまった私は、こほんと咳払いをすると、顔を上げた。

「これまでのことを話してもいい？」

「はい。お願いします」

そして私はあの日、三人に殺されかけたこと、逃げ出そうとして無理やり転移魔法を使ったこと、その結果魔力を失い子どもの姿になってしまったことを話した。

静かに相槌を打ち、話を聞いてくれていたアルバートは、明らかに苛立っている。

（アルバート、相当怒っていない？　下手をしたら私より怒っていそうだわ）

その結果、自身の魔力が漏れ出ていることにも気が付いていないようで、冬かと思うほど室内の温度は下がってしまっている。

最後まで話し終えると、アルバートは血が出るのではないかというくらい、きつく手のひらを握りしめていた。

「――しょう」

「えっ？」

「思いつく限り、最も苦痛を与えられる残虐な方法でそいつらを殺しましょう。死んだ方が楽だと思わせるくらいには」

「ア、アルバート……？」

彼がこれほど怒っている姿は、初めて見た気がする。

（怒ってくれるのは嬉しいけれど、怒りすぎじゃないかしら？　最も苦痛を与えられる残虐な方法って何？）

すっかり忘れていたものの、そもそもアルバートは「冷血皇帝」と呼ばれていたのだ。

私が知らない、残酷な一面だってあるのかもしれない。兄二人を押しのけて帝位につく際には、血も避けられなかったはずだ。

「ええと、そうね。そうしましょう」

「どうか俺にも協力させてください。絶対に満足していただける結果にしてみせます」

アルバートが協力してくれるというのは、とても心強かった。

彼は今や、大陸一の勢いがある帝国の皇帝なのだ。何の証拠がなくとも、アルバートが白だと言えば、黒も白になるような影響力を持っている。

「本当に協力してくれるの？」

「はい。俺の命に代えても完遂してみせます」

「命には代えなくていいわ」

けれど、どうして彼がそこまでしてくれるのか分からない。

むしろ嫌われていると思っていた私としては、不思議で仕方なかった。

「そもそも、アルバートは私を知っていたのよね？　どうして協力してくれるの？」

やはり「ユフィ」に情が湧いたからなのだろうか、なんて思っていたのに。

「俺は子どもの頃、あなたに救われたことがあるんです」

「えっ？」

初めて聞く話に、驚きを隠せなくなる。

（私とアルバートは、以前会ったことがあったの？）

こんなにも美しいアルバートの幼少期など、間違いなく天使のような姿だろう。

そんな彼と会ったことを、忘れるなんてあるだろうか。

何より傲慢だった私が、他人を救うなんてこと自体が信じられない。

「人違いとかではなく？」

「はい。間違いなくユーフェミア様です」

記憶力は良いと自負していたものの、いくら考えても思い出せない。

いつのことだと尋ねても、アルバートは「いずれお話させてください」と言うだけで、それ以上は教えてくれなかった。

気にはなるけれど無理やり話を聞きたくはないため、話を戻すことにした。

「アルバートやネイトは、私が死んだと思っていたの？」

「はい。森でユ……小さなユーフェミア様と初めてお会いしたあの日、俺はリデル王国に放っていた間者から、あなたが不慮の事故で亡くなったという知らせを受けたんです」

知らせを受けてすぐ、アルバートはリデル王国へ向かおうとしたらしい。けれどネイトにあの森で引き止められ、そこで小さな私と出会ったのだという。

国としての公式な発表はもっと後だったようで、間違いなくイヴォンやカイルが勝手に話を広めたのだろう。

「もう葬儀も行われたの？」

「王族のみが参加する密葬が行われたようです」

「そう。それなら、私が死んでいるというのは国内外の共通認識なのね」

「はい」

死体もないのに、よくやるなと変に感心すらしてしまう。

そんな中、実は私が生きていて妹と婚約者に殺されかけた上、国王が彼らの嘘を信じ込んで葬式までしたとなると、国の面目は丸潰れだろう。

国民の不安を煽り、他国からは嘲笑を受けることは目に見えている。相当上手く立ち回らなければ、厄介なことになりそうだ。

「問題はかなり多そうね」

額に手をあて溜め息を吐くと、アルバートは「ユーフェミア様」と私の名を呼んだ。

「俺が全て何とかしてみせます。何なりとお申し付けください。少しでもあなたの力になりたくて、俺は皇帝の座についたのですから」

「……え？」

私のために皇帝になったという言葉に、口からは間の抜けた声が漏れる。

(過去の私は一体、アルバートに何をしたのかしら)

アルバートにとっての私とは、一体どんな存在なのだろう。

命を救うくらいはしていないと、釣り合わない気がしてならない。

「ねえ、アルバート。もう少しだけ、ここにいてもいいかしら？」

「もちろんです。もう少しと言わず、いくらでも」

「ありがとう」

彼が協力してくれるというのなら、改めて今後の行動を考え直すべきだろう。私一人の問題ではなくなっている。

そもそもは正体がバレるのを恐れて、この国を離れようとしたのだ。アルバートがこうして受け入れてくれたのだから、急ぐ必要はない。

(まさか嫌われていると思っていたアルバートに、恩人として感謝されていたなんて)

「また明日、改めて相談をしても?」

「ぜひ。今日はゆっくりお休みください」

そうしてティーカップを自ら片付けて出ていこうとするアルバートに、思わずついて行きそうになった私は、はたと足を止める。

(いやだわ、いつもの癖が出てしまったみたい)

「ユーフェミア様?」

立ち上がって固まる私を見て、アルバートは小さく首を傾げた。

「ええと、いつものように一緒に寝ようかと」

冗談めかして言うと、アルバートの顔が一瞬にして真っ赤に染まる。

「……お戯(たわむ)れは、やめてください」

「ご、ごめんなさい」

本気で照れているようで、こちらまで恥ずかしくなってしまう。

やがて落ち着いたらしいアルバートは私に向かって丁寧に礼をし、小さく微笑んだ。

「ユーフェミア様が生きていてくださって、本当に嬉しいです」

「私、アルバートに嫌われていると思っていたの」

そう告げると、彼の美しい瞳が驚いたように見開かれる。

「何故ですか？　何か俺、失礼なこと――」

「違うの、前にさりげなく私の話をしたら、『ユーフェミア王女の話はしたくない』と言っていたから、私の悪評のせいで軽蔑されているのかと思って」

「まさか、俺は自分の目で見たことしか信じませんし、亡くなったと思っていたユーフェミア様のお話をするのは辛く、そう言っていただけです。本当です、俺はあなたが――」

「わ、分かったから！　大丈夫よ！」

あまりの勢いに気押されてしまい、慌ててそう言うと、アルバートはほっとしたように息を吐いた。よほど誤解されたくなかったらしい。

アルバートは私をまっすぐに見つめると、困ったように微笑んだ。

「……俺はずっと、あなたのことばかりを想っていましたから」

そして私が返事をする間もなく「おやすみなさい」と言って部屋を出ていく。

やがてドアが閉まると、私はふらふらとベッドへ向かい、そのまま倒れ込んだ。

「びっくり、した……」

何もかもが信じられない気持ちで、いっぱいになる。今頃は森の中で眠っている予定だったというのに、まさかこんなことになるなんて。

私がアルバートの恩人だということにも、本当に驚いてしまった。

『……俺はずっと、あなたのことばかりを想っていましたから』

去り際に告げられた言葉が頭から離れず、顔に熱が集まっていく。

(そんなの、まるで私のことを好きみたいじゃない)

そう思うと、身体の奥底からじわじわと抑えきれない感情が込み上げてきて、私は枕を抱きしめ足をじたばたさせていた、けれど。

(待って、アルバートの想い人って私なのでは？)

幼少期の私に似ているのは、そもそも私自身なのだから当然として、よくよく考えると相手が亡くなったということにも辻褄が合うし、過去に救ったという話もそうだ。

「アルバートが、幼い頃から私のことを……」

いくら評判が悪くとも、これまで私に愛を囁いてくる男性は大勢いた。

異性に好意を抱かれるのは、面倒で不愉快だと思っていたのに、アルバートが私のことを好いているかもしれないと考えるだけで、嬉しくて胸が高鳴ってしまう。

（だ、だめよ。浮かれるにはまだ早いわ）

はっきり好きだと言われたわけではないのだ。

奇跡的な偶然が重なってたまたま条件が同じだっただけで、「違います」なんて言われてしまった日には、二度と立ち直れなくなりそうだった。

気にはなるけれど、私のことが好きなの？　なんて聞けるはずがない。

（……私は、こんなに好きなのに）

目を閉じれば、鮮明にアルバートの姿が思い浮かぶ。アルバートが「ユフィ」ではなく「ユーフェミア」を受け入れてくれたことが、一番嬉しかった。

（浮かれていないで、そろそろ寝ないと）

まだすべきことは何ひとつ達成できていないのだ、しっかりしなければ。

(でも、なんだかすごくよく眠れそう)

正直に全てをアルバートに話したこと、彼が手伝うと言ってくれたことで、ほっとしたのかもしれない。

肩の力が抜けていくのを感じながら、私は静かに眠りについた。

翌朝、目が覚めても大人の姿のままだった。もしかすると、完全に元の姿に戻れたのかもしれないと期待を抱きながら、ゆっくりと身体を起こす。

改めて昨日の出来事は全て現実だと思うと、胸がどきどきしてしまう。

(まだアルバートの側にいられることが、幸せで仕方ない)

そんなことを考えては火照(ほて)る頬を両手で覆っていると、ノック音が響いた。

「ユーフェミア様、ドロテです」

そう呼ばれたことで、すぐにアルバートが話をしてくれたのだと気付く。

ベッドから身体を起こし「どうぞ」と声をかければ、すぐにドロテが部屋の中へと入ってきた。

「……っ」

私の姿を見た瞬間、ドロテはぴたりと足を止め、息を呑んだ。

アルバートからある程度の話は聞いているはずだけれど、実際にこうして大人になった姿を見れば、驚いてしまうのは当然だろう。

私は小さく笑みを浮かべると、いつものように声を掛ける。

「おはよう、ドロテ」

「おはようございます、ユーフェミア様」

すぐに我に返ったらしい彼女は、いつものように私の側へ来ると頭を下げた。

私はそんなドロテの手をそっと取ると、グレーの瞳を見つめる。

「ずっと本当のことを隠していてごめんなさい。許してくれるかしら」

「謝っていただく必要などありません。私こそ今まで、大変失礼な態度を――」

「ドロテに失礼な態度をとられたことなんて、一度もないわ」

身分すら分からない、拾われてきただけの子ども相手にも、彼女はいつだって敬意を持って接してくれていたのだから。

「これからも仲良くしてくれる？」

「はい、もちろんです……！」

「よかった。ありがとう」

私の悪評は広まっているだろうし、ドロテに悪い印象を持たれていてはどうしようという不安もあったけれど、杞憂で済んだようだ。

昨晩のうちにアルバートは大人用のドレスなどを用意してくれていたようで、ドロテに身支度をしてもらった私は、鏡に映る自分の姿をじっと見つめた。

（ああ、やっぱり落ち着くわ。これが私だもの）

そこにはやはり十九歳の私が映っていて、ドロテの腕も良いせいか、輝くばかりの美貌に我ながら見惚れてしまう。

「ユーフェミア様が絶世の美女だというのはお聞きしていましたが、本当にお美しくて、それ以上の言葉が出てきません」

ドロテも頬に手を当て、うっとりとした様子で私を見つめている。

（けれど、ユフィの時に「可愛い」と持て囃されていたのも、嫌いじゃなかったのよね）

「お食事はお部屋でとられますか？」

「そうね」

この姿のまま城内を出歩けば、間違いなく混乱を招くだろう。使用人の中にも、ユーフェミアの顔を知っている人間はいるはず。

私の存在は、アルバートとネイト、ドロテしか知らないようだった。私が生きているると広まれば、イヴォンやカイルがどんな行動に出るか分からない。

向こうには何の準備もさせず、こちらはしっかりと備えてから乗り込むには、私の存在は隠しておくべきだ。

「アルバートは？」

「お一人で食堂でとられる予定です」

「もし良かったら一緒に食べない？　って聞いてみてくれないかしら」

「かしこまりました」

毎日一緒に食べていたこともあり、一人となるとなんだか寂しくなってしまう。

それからすぐ、アルバートからは「喜んで」という返事がきた。私の部屋で食べることになり、あっという間に二人分の朝食が用意される。

焼きたてのパンの香ばしい匂いに、食欲をくすぐられた。

「ユーフェミア様、おはようございます」

「おはよう、アルバート」

やがて私の部屋を訪れたアルバートは、はっとしてしまうほど美しい笑みを浮かべた。

こうして一晩明けて改めて顔を合わせると、なんだか気恥ずかしいものがある。

「急に誘ってごめんなさい」

「いえ、とても嬉しかったです。一緒に食事ができたらと思っていましたから」

「それなら良かったわ」

なんとか平静を装い、席につく。朝から復讐話なんかをする気分にはなれず、いつも通りにしようと思いながら、ベーコンを口に運ぶ。

「ユフィ、これ好――」

そしてそこまで言いかけた私は、慌てて口を噤んだ。

(私の馬鹿、そこまでいつも通りにしなくて良いのに！　もう！)

習慣というのは恐ろしいもので、数ヶ月間、毎日この話し方をしていたせいで、しっかりと身体に染み付いてしまっていたらしい。

そもそも良い歳をして子どものフリをし、眠気に耐えられない時には「ねむい、だっこして」などと言って運んでもらったこともあった。

冷静になると、顔から火が出そうになる。

「ご、ごめんなさい……今のは忘れてくれないかしら……」

両手で顔を覆い、そう呟くと、アルバートまで何故か焦った様子を見せた。

「大丈夫だ、ユフィ。間違いは誰にで、も――」

そこまで言いかけて、今度はアルバートが慌てて口を噤む。

思わず彼も「ユフィ」と呼んでしまったことに、照れているようだった。

「申し訳ありません！　俺としたことが……」

そもそも彼だって私によく似た子ども（本人）に「ユフィ」などと名付けて、それはもう可愛がっていたのだ。色々と恥ずかしく思うことはあるに違いない。

「気にしないで、私からそう呼んでほしいと言ったくらいだし」

「……申し訳ありません」

「………」

「………」

お互いに顔を赤らめながら、なんとも言えない沈黙が流れる。

（いつも堂々として強気だった頃の自分が、もう思い出せないわ）

やはり元の姿に戻ってしまった以上、今まで通りなんて無理なのかもしれない。

「……昨晩色々と考えてみたのですが、一緒にリデル王国へ行きませんか？」

「アルバートと一緒に？」

「はい」

そんな中、アルバートはそう言って食事をする手を止めた。

「リデル王国の建国祭に毎年招待されているんです。次は来月末ですし、建国祭に参加するという形で出向き、まずは内情を調べるのが良いかと」

「確かに良い案だわ」

毎年リデル王国では、一週間ほど王都にて建国祭が催される。

国中から民が集まり出店が並び、国外からも多くの人々が訪れる盛大なものだ。

(私は人混みが嫌いで毎年、顔を出す程度で終わりだったのだけれど)

オルムステッド帝国の皇帝が訪れるとなれば、かなり大掛かりなものになる。

私一人が紛れ込むことなど造作のないことだろうし、滞在は王城になるため動きやすくなるだろう。

堂々と乗り込み表立って断罪しては、醜聞が広まってしまうのは目に見えている。

イヴォンやカイルのことは内々に片付けるべきだ。

(アルバートと共に行けば、何もかもがスムーズに進みそうだわ)

「ありがとう。ぜひお願いしても?」

「もちろんです。王国には招待を受けると返事をしておきます」

「ええ。アルバートが来ると知ったら、国中は驚きでひっくり返るでしょうね」

アルバートは滅多に国外へ出ることはなく、我が国も毎年どうせ来ないだろうと思いながら招待状を送っていたに違いない。

いざ来るとなれば王国内だけでなく、諸外国も騒がしくなるだろう。

「それまでに私がすべきことって何かあるかしら」

「いえ、ユーフェミア様はとにかくお身体を休めるべきです。子どもの姿でいたことで、間違いなくお身体に負担がかかっていますから」

ひたすら何もせずゆっくりしていてほしいと、アルバートは譲らない。

唯一してほしいことと言えば、医者に改めて診てもらうことだと言い、食後はまず診察を受けることになった。

元々私は、「何もしない」ということが苦手なのだ。子どもの姿ならまだしも、こうして元の姿に戻った以上は、何かしたいという気持ちが大きい。

それにオルムステッドに来てからというもの、私はただ衣食住を提供してもらっているだけで、何ひとつ彼に恩を返せていないのだ。

いずれ然るべき地位に戻った後、しっかりと恩返しをするつもりではいるけれど、やはり落ち着かない。

「ねえ、アルバート。私を働かせてくれないかしら。魔物の討伐とかも得意だし」

するとアルバートは、信じられないという表情を浮かべた。

「何を仰るんですか。ユーフェミア様を働かせるなんて、絶対にあり得ません」

「どうして？　元々毎日働いていたくらいだし、国に戻ってからも働くつもりよ」

「国に、戻ってから……」

それからアルバートはしばらく何か言いたげな様子を見せていたけれど、やがて溜め息を吐くと「分かりました」と頷いてくれて、ほっとする。

「では、俺からひとつお願いをしても？」

「ええ。ぜひ」

「俺とデートしてくれませんか」

「………なんて？」

そして告げられた信じられない言葉に、私は自身の耳を疑った。

その後、医者に診てもらい、問題ないと診断された私は部屋を移動することにし

た。

いつまでもユフィの使っていた部屋にこもっていては、怪しまれてしまうからだ。

『俺の私室の隣に隠し部屋があります。俺の部屋とドアで繋がっているのですが、もちろん絶対に勝手に立ち入ったりはしませんので』

一室で生活の全てが済むようで、引きこもり生活にはうってつけらしい。

「とても広くて綺麗な部屋ね」

アルバートは申し訳なさそうにしていたけれど、家具はどれも最高級のものだし、カーテンや絨毯も元の部屋にあったものと同じにしてくれている。

「ネイト卿が徹夜で整えてくださったようですよ」

「……それは悪いことをしたわ」

数少ない荷物を運び込んだ私は、ゆっくり休めるよう髪を解いてもらう。

「ねえ、ドロテ。デートって何をするの？　準備とか必要なのかしら？」

そんな中、何気なくそう尋ねると、ドロテの手からヘアブラシが滑り落ちた。

彼女はやけに驚いた様子で、鏡越しに私の顔を見つめている。

「ア、アルバート様からお誘いが……？」

「ええ」

先ほど戸惑いながらも「わ、私でよければ」とアルバートに返事をしたところ、彼は「とても嬉しいです」「夢みたいだ」と言って、とても喜んでいた。

『では一週間後の週末に』

『分かったわ』

『ありがとうございます。今ならどんなことでもできそうだ』

そう言って子どものように笑ったアルバートに、どきりと心臓が跳ねた。

(だめだわ、やっぱり都合の良い方に考えちゃう)

私の知る限り、デートというのは普通、好意を抱く相手を誘うものだったはず。だからこそ、つい期待しては浮き足立ってしまう。

「アルバート様がご自分から女性をお誘いになられるのは、初めてだと思います」

「えっ？　そうなの？」

「はい。やはりユーフェミア様はアルバート様にとって、特別なんですね」

私が初めて、特別という言葉に胸が高鳴る。

「デートに関しては、アルバート様にお任せして大丈夫だと思います。ユーフェミア様はうんと美しく着飾るだけでいいんです。もちろん、今のままでも最高にお美しいですが」

「そういうものなのかしら」

「ええ。ぜひ私にお任せくださいね。ああ、ドレスも選ばないと」

私以上に張り切っているドロテに、思わず笑みがこぼれた。同時にアルバートとのデートが、とても楽しみだと感じていることに気付く。

（楽しみな予定ができるなんて、いつぶりかしら？　一度もなかった気さえするわ）

いくら考えても、過去に楽しみな予定があった記憶など思い出せない。改めて自身の人生がどれほどつまらないものだったかを思い知り、少しの虚しさを感じる。

（けれど、これから先はきっと違う）

それでも今は、そんな希望にも似た確信が胸の中にあった。

「では早速、ドレスのカタログを持って参りますね！　アルバート様からユーフェミア様用にと、小国の国家予算ほどの額をご用意いただいていますから」

「……冗談でしょう？」

「アルバート様がご冗談を言うところも、私は聞いたことがありませんよ」

「…………」

散々世話になっている身なのだし、最低限でいいと私は言ったのに。

アルバートから「多すぎて困ることはない」ときつく言われていたようで、ドロテは結局信じられない量のドレスや靴、アクセサリーを注文してしまったのだった。

そうして昼食を終えた私の元へやってきたのは、ネイトだった。

「ひとまず使用人達には、ユフィは帰るべき場所へ帰ったと知らせておきました」

「ありがとう。それに、この部屋もネイトが整えてくれたと聞いたわ」

「いえ、当然のことです」

ユフィが突然いなくなったとなれば、きっとこの城の人々は心配してくれるはず。元の姿に戻る気配もないため、少しでも心配をかけまいと嘘を広めてもらったのだ。

「他に御用はありますか？」

「特にないけれど、もし良かったら少しお茶でもどうかしら？　ネイトとも改めて話をしたいと思っていたの」

「僕でよければ、ぜひ」

全く「ぜひ」という雰囲気ではないネイトは、やはり私に対して気まずさを感じているようだった。知らなかったとは言え、アルバートの恩人であり大国の王女に対して散々な態度をとっていたのだから、当然なのかもしれない。

ドロテは二人分のお茶を淹れると、部屋を後にした。

「……大変申し訳ありませんでした」

「あら、何が？」

「ユーフェミア様に対し、数々の失礼な態度を……」

こんな謝罪を聞いてばかりだと思いながら、私は首を左右に振る。

「謝ることはないわ。確かに子ども相手に散々な態度だったけれど、お前がアルバートのことをどれほど大切に思っているかは分かっているし」

腹立たしいことは確かにあったものの、今の私はネイトが嫌いではない。

彼に助けられたこともあったし、彼のお蔭でアルバートとの距離が縮まったのも事実だからだ。

何より身分も分からない拾った子どもに対しての態度など、責められるものではない。

「だから、一切気にする必要はないわ。今まで通り接してくれた方が落ち着くくらい」

「流石にそれは……」

「私は王女と言ったって、今や死人扱いだもの。この城ではただの穀潰しだし」

「ユーフェミア様は、アルバート様の恩人だと伺っております。穀潰しだなんてとんでもありません」

どうやらネイトも、過去の話について詳しくは知らないようだった。

それにしてもやはり、へりくだった態度のネイトはなんだか気味が悪い。正直にそう伝えると「失礼ですね」と笑ってくれて、少しほっとする。

「とにかく、これからも仲良くしてくれたら嬉しいわ。ドロテばかりに相手してもらうのは申し訳ないし、部屋にこもってばかりだと退屈だから」

「アルバート様に殺されますので、ほどほどでしたら」

「殺される？　どうして？」

「ああ見えて相当独占欲が強いんですよ、アルバート様。僕も驚いたくらいでして」

「…………？」

どういう意味だろうと首を傾げる私を見て、ネイトはくすりと笑った。

「やっぱり、まだまだユーフェミア様はお子様ですね」

「は？　ちょっと、どういう意味よ」

「さあ？」

いつも通りのネイトに戻ったことに安堵しつつ、今後について少し話した後、やはり彼は「アルバート様に怒られますので」なんて言うと、そそくさと部屋を後にした。

そして夜、仕事を終えたアルバートから一緒に食事をしようという誘いを受けた私は、二つ返事をし、朝食と同じく私の部屋で夕食をとることになった。

アルバートは私の顔を見るなり、背景に咲き誇る花が見えそうな勢いで微笑んだ。

(出会った頃とはまるで別人じゃない。心臓に悪いからやめてほしいわ)

アルバートはそもそもの容姿がずば抜けて良いのだ。その上、こうして眩しい笑顔を向けられては、私の心臓がもたない。

「何かお困りのことはありませんでしたか？」

「ええ。この部屋のことも、ドレスやアクセサリーも本当にありがとう」

「いえ、必要なものがあれば何なりと仰ってください。来月末まで基本的に、この部屋で過ごしていただくことになりますから」

なるべく外へ出る機会を作るとアルバートは言ってくれて、私はふと気付いてしまう。

(デートって言うのは口実で、私に気を遣って連れ出す機会を作ってくれたのかも)

やはり浮かれすぎないようにしようと自身に言い聞かせ、料理をいただいていく。

「アルバートって、魔法を使うことはあるの?」

「あまりないですね。機会がないので」

「そう、もったいないわね」

「どうしてですか?」

「あなたほど魔力量が多い人は、あまり見たことがないもの」

アルバートは一瞬、切れ長の目を見開いたけれど、やがて困ったように微笑んだ。

「ユーフェミア様には、全てお見通しでしたね」

「私の瞳のことも知っているの?」

「はい」

アルバートは十三歳の頃、突如魔力量が跳ね上がったという。

魔力量というのは発現する四歳頃から一定の人もいれば、緩やかに増えるケースやある日突然増えるケースもあり、様々だ。

「ですが、魔法はとても好きです。……俺にとっては、何よりも大切なものですから」

好きというのはよく聞くけれど、魔法が「大切」だというのは初めて聞いた。

不思議な表現だと思いながら、いつかアルバートの魔法を見てみたいと言えば「いつでもいくらでもお見せします」と言ってくれた。

「ユーフェミア様の魔法も見てみたいです」

「もちろん、私もいつでも。最近ほとんど使っていなかったから、少し不安だけれど」

思い返せば物心ついてからというもの、魔法を使わない日はなかった。数ヶ月間まともに使っていないとなると、流石に身体が鈍っていそうだ。

(明日からあまり魔力を減らさない程度に、慣らしておいた方が良いわね。城から抜け出した際には子どもの姿だったから、また感覚が違ったし)

テレンスが相手となると、油断はできない。彼は幼い頃から私の魔法を側で見てきているため、私の弱い部分も熟知しているはず。

「そう言えば、ネイトって相当強いんでしょう？　アルバートの護衛騎士なだけあって」

数ヶ月一緒に過ごしている中で、ネイトが騎士らしい働きをしている場面はほとんど見たことがない。それだけ平和だという意味では、良いことなのだけれど。

水属性で魔力もそれなりに多い、ということくらいしか分かっていなかった。

「もちろん、帝国で一番の騎士ですよ。剣の腕で右に出る者はいません」

普段はあんなにも飄々としているけれど、やはり実力は相当なものらしい。

「今日もね、ネイトとお茶をしたんだけれど――」

そうして普段のように今日の出来事を話していたものの、アルバートの様子がいつもとは違うことに気が付く。

いつもは笑顔で話を聞いてくれているのに、今は少しだけ不機嫌なように見える。

「ねえアルバート、私、何かあなたの気に障るようなことを言った？」

そう直接尋ねてみると無意識だったのか、アルバートははっとしたような顔をした後、すぐに「申し訳ありません」と謝罪の言葉を口にした。

「ユーフェミア様が、ネイトの話ばかりをするので」

「それがどうかしたの？」

「ネイトだって男です」

「そうね」

なんだかアルバートらしくない、要領を得ない言い回しを不思議に思っていると、やがて彼はくしゃりと前髪を掴み、もう一度「申し訳ありません」と呟く。

「……あなたが他の男の話ばかりをするのが、嫌なんです」

そして告げられた言葉に、私はぴしりと固まってしまう。

(だってそんなの、まるで——)

「ネイトに嫉妬しているみたいね」

「はい。嫉妬していますから」

はっきりとそう言われ、私の口からは「ひ」という間の抜けた声が漏れた。

他の男性と話をしているだけで嫉妬するなんて、そんなの、好きだと言われているようにしか聞こえない。

(やっぱり、私の勘違いじゃないのかもしれない)

だんだんと顔が熱くなっていき、アルバートの美しい瞳から目が逸らせなくなる。

「その、ほら、喋り相手がいないからお茶に誘っただけで」

「それなら今度から、俺に声を掛けていただけませんか？　ユーフェミア様のためなら、いくらでも時間を作ります」

縋るように見つめられ、私はこくこくと頷くことしかできない。

そんな私を見て、アルバートは幸せそうに微笑んでいた。

王城脱出を謀(はか)ってからあっという間に一週間が経ったけれど、子どもの姿になることはなく、どうやら完全に元に戻れたようだった。

使用人達は「ユフィ」がいなくなったことをとても寂しがっているものの、無事に家に帰れたことを喜んでくれているという。

いつか全てが終わったら、彼らにも本当のことを話したいと思っている。

ちなみに私はこの一週間、大人しく自室で魔法の手慣らしをしたり、ドロテから刺繍(ししゅう)や裁縫、お茶の淹れ方を習ったり、アルバートとお茶をしたりして過ごしていた。

(元の姿に戻ったというのに、睡眠時間が子どもの姿の時と変わらないのが問題だわ)

以前はあまり眠らなくても平気だったのに、最近はすぐに眠たくなってしまう。

私としては嫌なのだけれど、アルバートやドロテは良いことだと言って喜んでいた。

リデル王国に大きな動きはないようで、カイルとイヴォンが婚約をしたという話も、彼らが好き勝手やっているという話もないという。

（静かすぎて、なんだか不気味ね）

今の私にできることはほとんどないため、余計に落ち着かない。

そしていよいよ明日がアルバートとデートの日で、尚更そわそわしてしまっている。

「……全く寝付けない」

その結果いつも眠っている時間になっても眠くならず、読書でもしようかと身体を起こしたところ、隣の部屋から物音が聞こえてきた。

（あら、アルバートが戻ってきたみたい）

明日出掛けるためか、今日は一日中仕事を詰め込んでいたようで、ほとんど顔を見ていなかったのだ。おやすみくらいは顔を見て言いたいと思い、立ち上がる。

繋がっているドアを軽く叩けば、すぐに「ユーフェミア様、どうかされましたか？」とアルバートは返事をしてくれた。

「お疲れ様。特に用はないのだけれど、アルバートの顔が見たいなと思って」

そう言った瞬間、ドン、ガシャン、バタンという騒がしい音が聞こえてきた。

「だ、大丈夫？　何かあった？」

「……いえ、少しぶつかってしまっただけです。申し訳ありません」

どう考えても「少し」という感じではなかったけれど、大丈夫だろうか。

「開けてもよろしいですか？」

「ええ」

ドアがゆっくりと開き、アルバートと視線が絡む。その顔はほんのりと赤い。

彼の後ろには、倒れている椅子や床に散らばった小物が見えた。

「良かったら、少しお話しませんか」

「もちろん。アルバートが疲れていないのなら」

「ユーフェミア様のお顔を見た瞬間、疲れなんて吹き飛びました」

「ふふ、何それ」

そのままアルバートの部屋にお邪魔すると、彼は慌てて椅子を起こし床を片付け、ソファに座るよう勧めてくれる。

「何か飲まれますか？」

「いいえ、大丈夫よ」

向かい合って座る形になり、じっとアルバートの顔を見つめる。

（こうして顔を見るだけで、嬉しくてほっとする）

一日顔を合わせなかったくらいで、寂しさを感じるのだ。いずれ国に戻った後のことを考えると、どうなってしまうのだろうと不安になる。

「明日は朝食を終えたら王城を出て、王都の街中へ向かう予定です」

「分かったわ。私、デートって初めてなの。迷惑を掛けてしまったらごめんなさい」

「え」

するとアルバートは、珍しくぽかんとした表情を浮かべた。そんなにも驚くようなことだっただろうか。

どんな表情でも格好いいなんて思いながら、次の言葉を待つ。

「それは、本当ですか？」

「ええ。こんな嘘つかないわよ」

「申し訳ありません。……その、ユーフェミア様には婚約者がいましたし、経験があるのかと思っていました」

「カイルとの婚約はいずれ破棄するつもりだったし、全く興味がなかったから。全ての誘いを断っていたのよね」

そう答えるとアルバートはほっとしたような顔をして、片手で口元を覆った。

その顔は先ほどよりもずっと、はっきりと赤く染まっている。

「……嬉しいです。俺も初めてなので」

「わ、私も嬉しいわ」

「えっ？」

「…………」

なんとも言えない沈黙が流れ、お互いにらしくないなと思ってしまう。

(アルバートも今の私と、同じ気持ちなのかしら)

そうだったらいいなと思いながら、立ち上がる。いつまでも一緒にいたくなり、帰るタイミングを失いそうだった。

「私、そろそろ戻るわね。また明日」

「はい。おやすみなさい、ユーフェミア様。お話ができて嬉しかったです」

「こちらこそ。おやすみ、アルバート」

ドアまで送ってもらった私はベッドに倒れ込むと、ぎゅっと枕を抱きしめた。

(だめだわ、本当にアルバートのことが日に日に好きになっていく)

きっと明日はもっと、彼のことが好きになってしまうのだろう。

そのまま目を閉じると、初めてのデートに胸を弾ませながら、私は眠りについた。

翌朝、朝食を終えた私は今日のために用意してもらったミントグリーンの可愛らしいドレスを着て、ドロテによって丁寧に化粧を施され、髪を結ってもらっていた。

過去の私はいつも派手で色の濃いドレスばかりを着ていたけれど、先日アルバートがとても似合うと褒めてくれたものと、よく似た雰囲気のものにしている。

「ユーフェミア様はどんなドレスも髪型も似合ってしまいますね」

「ありがとう、ドロテの腕が良いからよ」

ドロテはとても器用で、私がリクエストしたもの以上に仕上げてくれる。

全ての支度を終えて最後にドレスに合わせた帽子を被ると、全身鏡の前へと移動した。

どこからどう見ても完璧ではあるものの、どこか不安な気持ちになってしまう。

（アルバートは可愛いと思ってくれるかしら）

過去の私はいつだって自分が世界で一番美しいと信じて疑わなかったし、常に自信に満ち溢れていた。けれど今では、たった一人の反応が気になって仕方ない。

むしろアルバート以外の意見は、どうでもいいと思えるのだ。

(本当に恋というものは、人を変えてしまうみたい。恐ろしいわ)

準備を終えた私は、アルバートの部屋に繋がるドアをノックする。

「どうぞ」

そうして中へと入れば、そこには黒髪黒目をしたアルバートの姿があって、私は思わず足を止めた。そのまま倒れなかっただけ、褒めてほしい。

(姿を変えるってそういう……は、反則級に格好いいわ……)

変装をするとは聞いていたけれど、まさかそうくるとは思っていなかった。私が動揺していることに気付いたらしいアルバートは、困ったように微笑んだ。

「似合いませんか？　申し訳ありません、せっかくのデートなのに」

「ま、まさか！　その、すごく格好いいから驚いてしまって」

慌ててそう言うと、アルバートは「え」と予想外だという顔をする。

「……一生、この姿でいます」

「えっ？　普段の姿だって誰よりも格好いいと思っているわよ」

何気なくそう言うと、アルバートは再び「え」という声を漏らした。

その整いすぎた顔は、あっという間に赤くなる。

「嬉しいです。本当に嬉しい」

これほどの美貌なのだから、褒められ慣れていると思っていたため、驚いてしまう。

「けれど、いつも言われるでしょう?」

「俺にとっては、ユーフェミア様にどう思われるかが何よりも大事なので」

アルバートはそう言うと、柔らかく目を細める。

先ほどの私が考えていたことと全く同じで、期待から心臓が早鐘を打っていく。

「今日もユーフェミア様は大変お美しいですね。あなたほど美しい方を俺は知りません」

「え、あ、ありがとう……」

「そんなユーフェミア様のお隣を歩くことができること、至極光栄に存じます」

「そ、そうでしょうね」

「はい。ありがとうございます」

(ああもう、動揺しすぎて可愛くない反応をしてしまったわ! もう!)

それでもアルバートは嫌な顔をするどころか、心底感謝するような顔をするものだから調子が狂う。心臓は常に大きな音を立て続けている。

出発前にこんな調子で、今日一日無事に過ごせるのだろうかと不安になりながら、私はアルバートに差し出された手を取った。


やがて街中へと辿り着き、私は帽子を深く被り変装用のメガネを身に付けた。

「それだけではやはりユーフェミア様のお美しさ、高貴さは隠せませんね」

二人で街中を歩くと、辺りの視線をかっさらってしまっているようだった。

けれどそれは間違いなくアルバートのせいだ。帽子を被り、黒目黒髪にしたところで彼の美しさに変わりはなく、すれ違った女性達は足を止めて振り返っていた。

(それよりも、それよりもよ……!)

馬車を降りる際にエスコートされた後、私の右手と彼の左手は繋がれたままなのだ。

子ども姿の時には当たり前のようにいつも繋いでいたけれど、この姿になってからは初めてで、どぎまぎしてしまう。

アルバートは平然とした様子で、繋がれた手については何も言わない。

(デートなら、これくらい当然なのかしら……？　だめだわ、いちいち動揺してい

たら、ネイトにまたお子様だって言われてしまうもの）

ネイトは今も、どこかから私達を護衛してくれているのだ。私が何かやらかせば、間違いなく笑われてしまうだろう。

とにかく落ち着いて大人の女性として振る舞おうと思っていると、アルバートに名前を呼ばれ、私は顔を上げた。

「まずはオペラを見ようと思っているんですが、どうですか？」

「ぜひ。帝国のオペラは有名だし、一度見てみたいと思っていたの」

「良かったです。以前、ユーフェミア様が繰り返し読まれていた本の演目なので」

「えっ……」

タイトルを聞いた私は、恥ずかしさでいっぱいになる。

アルバートはかなりオブラートに包んでくれたけれど、私が子ども姿の時に繰り返し読んでいた絵本のことだった。

（幼児向けの絵本を気に入って何度も読んでいたのを、知られていたなんて……！）

王子様がお姫様を救い、プロポーズして幸せになるという、ベタベタの恋愛もので、帝国では昔から人気のあるおとぎ話だとドロテが言っていた記憶がある。

「アルバートは、それでいいの？　楽しめる？」

「はい。俺はユーフェミア様と見られるだけで、どんなものでも楽しめますから。それにあなたの好きなものを俺も好きになりたいので」

そんなことをさらりと言われ、私は「そ、そう」と小さな声で言うことしかできなかった。


その後、劇場の特等席でアルバートと並んで座り、オペラを見た。

やはり子ども向けの絵本とは違い、同じ話とは思えないほど話が作り込まれていて、感動し思わず涙してしまいそうになったくらいだ。

（本当に、二人が幸せになって良かった）

帝国には良い歌手が集まっていると聞いていたけれど想像以上で、魔法での演出も素晴らしく、まるで本当に絵本の中の世界に飛び込んだみたいだった。

とは言え、過去に似たような小説もオペラも見たことはある。けれど、その時には今ほど心を動かされることはなかった。

きっと今は私自身が変わったこと、誰かに恋する気持ちを知ったことで、物事の見え方も感じ方も変わったのだろう。

（それにしても、ずっと手が繋がれたままだったのも、一番盛り上がるプロポーズのシーンでぎゅっと手を握られたのも、心臓に悪かったのよね）

幕が下り小さく深呼吸をした私は、アルバートへと視線を向けた。

「アルバート、連れてきてくれてありがとう。とても素敵だったわ」

「どういたしまして。俺も勉強になりました」

「勉強？」

「はい。今後の参考にします」

どういうことだろうと思いながら、エスコートされて劇場を後にする。お互いに感想を伝え合ったけれど、彼も本当に楽しめたようで良かった。

「ユーフェミア様は、主人公のどこがお好きなんですか」

「そうね、誠実なところもそうだけれど……やっぱり一途なところかしら。幼い頃からずっと一人の女性だけを想い続けていた、というのは胸を打たれたわ」

「そうなんですね」

そう言ったアルバートは何故かとても嬉しそうで、やはり分からないことばかりだと思いながら、昼食をとるレストランへと向かう。

先日食べた料理が本当に美味しかったため、私のリクエストで前回と同じ店だ。

「──美味しい。やっぱり私、この味がとても好きだわ」

「本当ですか？　ユーフェミア様に喜んでいただけて嬉しいです」

そう言えば私は、あまりアルバートのことを知らないことに気が付く。

「アルバートは何が好きなの？　私もアルバートのことが知りたいわ」

「俺は甘いものが好きです」

「意外ね。いつもお茶をしている時だって、あまり食べないじゃない」

「……恥ずかしくて、隠しているので」

「何よそれ、全く恥ずかしくなんてないのに」

出会った頃の沈黙が懐かしく思えるくらい、話は弾む。

「先日もこうして一緒に同じ場所に来たけれど、なんだか全く別物ね」

「当然です。今回はデートですから」

それなら以前、小さな私を連れて来てくれた時はどんな気持ちだったのだろう。

気になった私は、そっとグラスを置いた。

「アルバートにとってのユフィって、どんな存在だったの？」

「……初めはユーフェミア様に重ねて、放って置けないと思って連れ帰ったんです。

幼い頃の記憶のせいか子どもは苦手で、どう接していいか分からず、ユーフェミア様には気まずい思いをさせてしまったと思います」

確かに当初のアルバートはほとんど喋らず、気まずい思いをしていたため否定はできない。相槌を打ちながら、次の言葉を待つ。

「それでも、こんな俺の側にいてくれるユフィという一人の子どもが、何よりも可愛くて大切だと思うようになっていました。歳の離れた妹みたいに思っていたんです」

「アルバート……」

「ですから、王城を出ていくという置き手紙をメイドが見つけてきた時には、本気でショックを受けました」

「え」

なんとあの風に飛ばされていった置き手紙第一弾は、アルバートの手に渡ってしまっていたらしい。いくら探しても見つからないわけだ。

何も言われなかったため、てっきり誰の目にも触れずに済んだと思っていた。

「なんだかごめんなさい」

「いえ、いつか家に帰ると分かっていたのに、離れがたいと思ってしまったせいです」

嬉しいと感じつつ、ふとひとつの疑問が浮かぶ。

アルバートは大人の姿になった私に対しても、そう思ってくれているのだろうか。

復讐についての話は何度もしたものの、その後の話は一度もしていない。

――元々の私はイヴォンやカイルを断罪した後は、王女としての地位を取り戻し、今まで通り女王になるために努めていくつもりだった。

けれど今は、それが正しいのか分からなくなっていた。

(そもそも私は女王になんて、なりたいわけじゃなかったんだわ)

生まれた瞬間から女王になるために育てられてきただけで、私自身がそうなりたいと思ったことなどなかったと気が付く。

「ユーフェミア様?」

ぼうっとしていた私の名を、アルバートは心配げに呼ぶ。

「ごめんなさい、少し考え事をしていて」

「何か悩み事でも?」

「将来のことを考えていたの」

そう答えた瞬間、アルバートの身体がびくりと跳ねた。

「将来、ですか?」

「ええ。妹は論外だし、兄も内気で弱気でどうしようもないから、私がこの先の王国をなんとかしないといけないもの。忙しくなりそうで気が重いわ」

「……そう、ですか」

アルバートは今にも消え入りそうな声でそう呟くと、小さく微笑んだ。

「そろそろ出ましょうか」

そして立ち上がり、手を差し出してくれる。

私もすぐに笑顔で「ええ」と返事をしたけれど、胸の中にはもやもやとした気持ちが広がっていくのを感じていた。

(――本当は少しだけ引き止めてほしかったなんて、馬鹿みたい)

やはり愚かで面倒な女になってしまったと思いながら、アルバートの手を取った。

レストランを出た後は、私の希望によりウインドウショッピングをした。

目に付いた店に入っては、色々なものを見ていく。何気なく手に取るたびに、アルバートが「買いましょう」と言うから困ってしまうものの、とても楽しい。

(実はこうして目的もなくふらふら歩くのって、初めてなのよね)

そもそもリデル王国では商人が王城に直接ドレスや宝石を売りに来るため、自ら店に足を運ぶことすらほとんどなかったのだ。

　雑貨屋の中を歩いていた私は、足を止めて隣に立つアルバートを見上げた。

「アルバートは欲しいもの、何かない？　こんなにもお世話になっているんだもの、いずれお返しをさせて」

「いえ、俺はユーフェミア様に返しても返しきれないご恩があるので」

「それはまた別よ。それに私がアルバートに贈り物をしたいの」

　今は手持ちのお金もないけれど、国に戻った後は彼にたくさんのお礼をしたい。

　アルバートは「それはとても嬉しいですが……」と呟くと、しばらく悩むような様子を見せていたものの、やがて「考えておきます」と言ってくれた。

　そしてふと、私は足を止めた。

「お礼をするって言ったばかりで何だけれど、これを買ってもらえないかしら？」

「もちろんいいですが、これが欲しいんですか？」

「ええ。なんだか可愛くて。お金はいずれ返すから」

「絶対に受け取れません」

　私が指差したのは、小さなうさぎのぬいぐるみだった。

（実は人生で一度もぬいぐるみって、持ったことがなかったのよね）

子どもの頃ですらお母様に「必要ない」と言われていたし、大人になってからは、ぬいぐるみなんて買うのは気恥ずかしくて、今に至る。

ユフィの時にもおもちゃはたくさん買ってもらったけれど、ぬいぐるみはなかった。

アルバートには子どものフリなど恥ずかしいところを多々見られているから今更だし、何より「アルバートに買ってもらったぬいぐるみ」が欲しいと思ってしまったのだ。

「ここにある全部、買いましょうか？」

「いいえ、ひとつだけでいいわ。一緒に眠ろうと思って」

「……羨ましいです」

「えっ？」

「いえ、何でもありません。すぐに買ってきますね」

「ありがとう」

アルバートはすぐにぬいぐるみを買ってきてくれて、私はもう一度お礼を言って受け取ると大事に抱きかかえ、二人で店を出た。

会計に向かった際に手が離れてしまったことを寂しく思いながらも、女性から手を繋ぎたいなんて言うのははしたない気がして、左手でぎゅっとぬいぐるみを抱きしめる。

ふわふわとした毛並みが気持ちよくて可愛くて、嬉しくなった。

「ユーフェミア様は本当にどんなものでも似合ってしまいますね」

そんな私を見て、アルバートは本気で感心したような顔をするから、笑ってしまう。

「あ、そうだわ。ユフィへのプレゼントも全部とっておいてほしいの。ドレスも」

「構いませんが、何故ですか」

「アルバートが私にくれたものだもの。全て宝物にするわ」

着られなくなったドレスだって全て、大切にとっておきたい。それにおもちゃには、メイド達との思い出も詰まっている。

（本当にこの国に来てから、子ども時代をやり直したような気がする）

温かい気持ちになるのと同時に、過去の小さな自分を甘やかしてあげたいと思った。

「……ユーフェミア様は、狡い人ですね」

「えっ？」

「でも、良いことを聞きました」

アルバートはそう言うと、当然のように私の右手を掬い取り歩き出す。嬉しくなってしまいながら着いていくと、到着したのは宝石店だった。

アルバートは私の手を引いたまま店内へと入っていく。

そして出迎えてくれた店員に何か言うと、店員の顔色は驚きに染まり、慌てて頭を下げるとすぐにアルバートが身分を告げたのね。そこまでして買いたいものがあるのかしら）

（きっとアルバートが身分を告げたのね。そこまでして買いたいものがあるのかしら）

やがてテーブルの上に並べられたのは、大きな宝石がついたいくつかの指輪だった。

（この宝石、初めて見る……とても綺麗だわ。確か帝国でしか採れない美しい宝石があるって聞いたことがあるけれど、きっとこれのことね）

角度によって輝き方も色も見え方が変わり、いつまでも眺めていられそうだ。

私は昔から宝石が大好きで、母も宝石はいくら持っていてもいいという人だったから、幼い頃から数え切れないほどの数を持っていた。

「なんて言う宝石なの？」

「シーグリッドです。この宝石は国内のみ――それも王族と我が国の四大貴族の当主のみが所有できることになっています」

とにかく相当珍しく、貴重なものらしい。

「この中で、一番良いと思うものはどれですか？」

「えっ？」

（私に見繕ってほしいのかしら？　アルバートって普段からシンプルなピアスくらいしか宝石は着けていないし、あまり分からないのかもしれないわ）

しっかり私がアルバートに似合うものを選んであげようと気合を入れたけれど、どう見ても目の前の指輪は、男性用ではない。

（ピンキーリングにしても、可愛らしすぎるような……）

とにかく一番良いと思うものを選ぼうと、じっとひとつひとつ見ていく。

「……うん、これかしら」

「ありがとうございます。――これを」

「かしこまりました」

やがてひとつの指輪を指差したところ、アルバートはすぐに店員に声を掛け、買うと言うものだから、驚いてしまった。

「本当にいいの？　私の一存で決めてしまって」

「はい、ありがとうございます」

あっという間に指輪は丁寧に包装され、アルバートに渡される。

（もしかして、プレゼント用かしら）

今までの様子を見る限り、アルバートには指輪を贈るような令嬢はいないはずだと思いながらも、少しだけ不安な気持ちになる。

店の外へ出ると、いつしか空は茜色に染まっており、そろそろ王城へ戻ろうということになった。驚くほど時間が経つのが早く、楽しい時間はあっという間という言葉は本当だったのだと実感する。

帰り道の馬車に揺られながら、私は向かいに座るアルバートの名前を呼んだ。

「今日は楽しかったわ。ありがとう」

「そう言っていただけて嬉しいです。とても幸せな時間でした」

それからは時折窓の外の景色を眺めながら、オペラの話や今日の楽しかったことについて話していたのだけれど。

ふと私ばかりがずっと喋ってしまっていることに気が付き、慌てて口を噤む。

「私ばかり話してしまったわ」

「いいえ。もっとユーフェミア様のお話を聞いていたいです」

アルバートは小さく首を左右に振ると、切れ長の目を柔らかく細めた。そんな笑顔や優しい声色にまた、心臓がぎゅっと締め付けられる。

私は元々口数が多いわけではなく、本当に自分らしくないことばかりだと思いながら、片手で火照り始めた顔を扇ぐ。

するとアルバートが、ふっと微笑んだのが分かった。

「……ユーフェミア様は変わられましたね。どんなユーフェミア様も素敵ですが」

まるで私のことをよく知るような口ぶりに、違和感を抱いてしまう。

(アルバートは、私のことをどれくらい知っているのかしら？　過去のことはあまり話そうとしないから、無理に聞くのも嫌で尋ねずにいるけれど)

私が彼を救ったという話には触れず、少しだけ聞いてみることにする。

「アルバートは最近の私のことも知っていたの？」

「はい。身分を偽って、リデル王国へ行っていたので」

「えっ？」

初めて知る事実に、大きな声が出てしまった。

帝国の皇帝がお忍びで来ていたなんて知れば、皆驚くに違いない。

「何のために？」

アルバートが直接来るほどの用事が気になった私は、そう尋ねてみる。

すると彼はいつもと変わらない表情で、あっさりと答えてみせた。

「ユーフェミア様のお姿を見るためです」

「え？　……えっ？」

完全に私の想像を超えた回答に、都合の良い聞き間違いをしてしまったのかと、自身の耳を疑ってしまう。

「ごめんなさい、今なんて？　私を見るためって聞こえたのだけれど」

「はい。ユーフェミア様を一目見たくて、リデル王国まで足を運んでいました」

どうやら聞き間違いではなかったようで、胸の中が嬉しさや恥ずかしさ、そして期待でいっぱいになっていく。

「ユーフェミア様はお誕生日に挨拶をされるでしょう？　毎年行っていたんです」

「……うそ」

「本当です。昨年は深い青のドレスを着て、ブルーローズの花束を抱えていました」

我が国の王族は誕生日に、城で盛大なパーティーを開く。

もちろんその場には上位貴族しか招待されないのだけれど、開始前に城の謁見台から、門の外の広場に集まった民達へ向けて挨拶をするのだ。

私は基本的に決まった社交の場にしか出ず、国内の視察や外遊をすることもない。だからこそ、国内の一部貴族を除けば私の姿を見る機会は誕生日くらいしかない。

そして確かに昨年、私は青いドレスを着て花束を持っていた記憶があった。

（わざわざ、どうして……だって私、毎年、一言だけですぐに中へ入っていたのに）

私がたった一言、話をするほんの短時間のためにアルバートは毎年、リデル王国まで足を運んでくれていたというのだろうか。

そんなのもう、恩人に対する感謝を超えている。

「……っ」

どう返すのが正解か分からず、何か言わなければと思った私はつい、動揺を隠そうといつもの高飛車な態度をとってしまう。

「わ、わざわざ毎年来るなんて、そんなの、私のことが大好きみたいじゃない」

「はい」

「──えっ？」

またもや信じられない言葉が耳に届き、私は言葉を失った。

(今、アルバートは「はい」って言った? 私のことが大好きって言葉に対して?)

けれどもう、先ほどのように聞き返すこともできない。

心臓の音が向かいに座るアルバートにも聞こえてしまうのではないかというくらい、大きな音を立て、早鐘を打っていく。

一方のアルバートはアメジストのような瞳を、まっすぐに私へと向けている。

「ユーフェミア様」

低く澄んだ、どこか甘さを含んだアルバートの声が静かな馬車の中に響く。私は返事をすることすらできず、彼の瞳を見つめ返すことしかできない。

「あなたのことを、ずっとお慕いしていました」

そして告げられた言葉に、私の頭の中は真っ白になった。

第八章　過去と今とこれからと

アルバートとのデートから、数日が経った。

いよいよ来週にはリデル王国にて建国祭が行われるため、明日帝国を出発し、向かうことになっている。

「……はあ」

そんな中、いくら読んでもさっぱり内容が頭に入って来ず、私は読みかけの本を静かに閉じると、本日何度目か分からない溜め息を吐いた。

刺繍をしてみたりもしたけれど、やはり何も手につかない。立ち上がった私はベッドへぼふりと倒れ込むと、先日買ってもらったうさぎのぬいぐるみを抱きしめた。

あれから寝ても覚めても何をしていても、アルバートのことばかりを考えてしまう。

『あなたのことを、ずっとお慕いしていました』

突然のアルバートの告白が、頭から離れない。

(やっぱりアルバートは私のことが好きなのよね。それも子どもの頃から、ずっと)

私の勘違いや奇跡的に偶然が重なったわけではないようで、安堵するのと同時に落ち着かない気持ちになる。

これまでの彼が話していた「想い人」というのは全て、私ということになるのだ。

『ああ。誰よりも美しくて強くて気高くて、俺の憧れであり、全てだった。彼女に少しでも近づきたくて、俺は努力を重ねて今の地位を得たんだ』

『それに俺は一生、一人の女性しか愛せないんだと思う』

過去の色々な発言を思い出した私の口からは、声にならない悲鳴が漏れる。

(つ、つまりアルバートは私のことを誰よりも美しくて強くて気高いと思ってくれていて、憧れで全てで……私に近づくために努力を重ねていて、私しか、あ、愛せないってことで)

そう思うとくすぐったくて嬉しくて、どうしようもなく浮かれてしまう。

恋愛初心者の私でも、相当好かれているということは分かる。

（私とアルバートは両思いってことよね？　ど、どうしよう……）

ずっと「ユフィ」としての生活の終わりが、アルバートとの別れだと思っていた。けれどお互いに思い合っている今なら、「ユーフェミア」として彼の側にいられる未来もあるのだろうか。

とは言え、私にもアルバートにもそれぞれ立場があるため、簡単にはいかないだろう。

それに私が国を離れれば、いずれ王国を背負って立つ人間がいなくなる。

（間違いなくお母様は許してくれないでしょうね。あの人は私を女王にするために、ずっと心血を注いできたんだもの）

目の前には問題ばかりで、浮かれている暇などないと冷静になった私は、本日一大きな溜め息を吐くと身体を起こした。

（アルバートは今頃、何をしているのかしら）

最近の彼は臣下達の勧め――懇願により、午後には一時間ほど休憩を取るようになった。そしてその時間は、二人でお茶をしたり散歩をしたりして過ごすことが多くなっている。

だからこそ、今日もお茶に誘おうかと思ったものの、少し悩んでしまう。

（何故かアルバートはいつも通りなのよね。あんな告白をしてきたくせに）

デートの後も毎日一緒に食事をとっているけれど、アルバートの様子も態度も何ひとつ変わらないまま。

告白についても一切触れず、まるで何もなかったかのような雰囲気で。内心どぎまぎし続けている私も、なんとか平静を装いこれまで通り振る舞っている。

（そう言えば、デートの報告をした時のドロテの様子もおかしかったのよね）

オペラやウインドウショッピングの話は笑顔で聞いてくれていたものの、宝石店に行った話あたりから様子がおかしくなり、シーグリッドの指輪を買っていたと話したところ、彼女は珍しくお茶をひっくり返すミスをしたのだ。

ひっくり返すどころか、吹っ飛ばしていたに近い。

『ほ、本当にアルバート様はシーグリッドの指輪を……？』

『ええ、そうだけど』

『そうですか……ああ……！』

感激したように今にも泣き出しそうな様子の彼女は、何かあったのかと尋ねても一切教えてはくれず、気になっていた。

「……よし」

けれど、明日にはもう彼と共にリデル王国へ向かうのだ。浮かれている場合でも、妙な気まずさや動揺を感じている場合でもない。

そう思った私は早速、休憩時間にお茶をしようとアルバートを誘うことにした。


一時間後、休憩時間になるとアルバートはすぐに私の部屋へとやってきてくれた。

「お誘い、ありがとうございます」

「こちらこそ。お疲れさま」

すぐにドロテがお茶の準備をしてくれ、私はティーカップに口をつけながら、ちらりとアルバートを盗み見る。

すると彼はじっと私を凝視しているものだから、思わず吹き出しそうになった。

「な、何かあった？」

「いえ。今日もユーフェミア様はお美しいなと思いまして」

「そ、そうでしょうね」

さらりとアルバートは真顔でこんなことばかりを言うから、いちいち心臓に悪い。

それからはお茶を飲みながら、明日からの予定なんかを話していたものの、不意にアルバートはソーサーにカップを置くと、「そう言えば」と口を開いた。

「最近、あまり目を合わせてくださいませんよね」

その瞬間、私は齧っていたクッキーが変なところに入り、大きく咳き込んだ。

アルバートはすかさず「大丈夫ですか」と水を手渡してくれたけれど、大丈夫でではない。

(どの口でそれを言うのよ！　あなたのせいよ！)

私は水を飲み、なんとか呼吸を整えると、アルバートへ責める視線を向けた。

「……あ、あんなことを言われたら、そうなるに決まっているでしょう」

「あんなこと？」

「その、私のことを、し、慕っているとか……」

「ああ」

そんなこともあった、なんて顔をするアルバートに、私は呆然とする。

(どうしてそんなに普通なの？　照れたりとかないわけ？)

私だけそわそわして馬鹿みたいだと思いながら、次の言葉を待った。

「余計なことを言ってしまい、申し訳ありません。本当はまだ言うつもりではなかったんです。ユーフェミア様がこんなことを気にしてくださるとも思っていませんでした」

アルバートはそれはもう申し訳なさそうな顔をするものだから、困惑してしまう。

「どうかしばらくの間は、忘れていただけませんか」

「忘れられるわけがないじゃない！」

すぐにそう答えると、アルバートは驚いたように目を見開いた。私がなぜ忘れられないのか本気で分からないと、彫像のような顔に書いてある。

そして、気付く。

（まさかアルバートは、私が好意を抱いていることに全く気付いていないの？）

だからこそ彼は、自分の告白を「余計なこと」「こんなこと」「気にしてくださるとも思っていませんでした」なんて言い、忘れてほしいと言っているのだろう。

私にとっては取るに足らないことだと、本気で思っているようだった。

（私が言えたことではないけれど、鈍感すぎやしないかしら）

恋愛初心者すぎる私はこれまで、アルバートに対して「好き」がバレてしまいそうな態度や失言をしてきた。

そもそもユフィとして彼の側にいた時には、他の女性との関係を妨害までしたのだ。

何より「大好き」という言葉まで全て、彼に懐く子どものフリをしていたからだと思っているのなら、相当な鈍感だとしか思えない。

(もしかして、私がアルバートを好きになるという発想がない……?)

まさかそんな——と思ったものの、幼い頃から私のことを慕っていて、毎年誕生日に一目姿を見るだけに王国へやってくるような立場だとすれば、あり得ない話ではない。

そんなことを考えていると、アルバートは眉尻を下げ困ったように微笑んだ。

「リデル王国に行き、全てが終わったら、改めて俺の話を聞いていただけませんか? その際に、過去の話も全てさせていただきたいです」

「わ、分かったわ」

今すぐに聞きたいという気持ちを抑えて、静かに頷く。

きっとアルバートはこれから復讐を控えた私に気を遣い、全てが終わったら話すと言ってくれているのだろう。

それなら私も今はこの気持ちに蓋をして、全てが終わった後に——とまで考えた私は、はっとしてしまう。

(いずれは私もアルバートに好き、っていうべきよね? そうよね……えっ……?)

すっかり頭の中から、私も好きだと伝えることが抜けていたのだ。いざアルバートに気持ちを伝えると思うと、今から緊張してくる。

けれど、まだ先のことなのだ。とにかく今は目の前のことに集中しようと決め、私は両頬を軽く叩くと気合を入れ直した。

「いよいよ明日、リデル王国に向かうのね」

「はい。準備は整っております」

帝国の皇帝が自ら足を運ぶため、随員の数はかなりのものになる。

アルバートが適当な名前を用意してくれるようで、私も変装をすれば侍女として紛れ込むのは簡単だという。

「俺ですら、毎年身分を偽って簡単に入国できていますから」

「……そのうち厳しくさせるわ」

我が国の管理体制の問題点が明らかになったものの、今回ばかりはありがたい。

「私が唯一信用している侍女のサビナに動いてもらって、お父様に取り次いでもらうわ」

「分かりました。それが難しそうであれば、俺が動きます」

「ありがとう」

基本的には静かに動き、逃げ場もないまま地下牢に入れてしまうのが正解だろう。

お父様も本物の私が現れて事情を説明すれば、すぐに動いてくれるはず。

（私がいなくなった後、サビナの扱いが悪くなってないといいのだけれど）

「ユーフェミア様は断罪をした後、どうされるおつもりですか？」

「……どうするんでしょうね」

自分のことをそんな風に話すのは、生まれて初めてだった。いつだって自分のすべきことは常に決まっていたし、正しいものだと信じて疑わなかったからだ。

私は女王になるのが当然で、それ以外の道なんて考えたこともなかった、けれど。

（ずっと自分の人生を自ら選択してきたつもりでいたのに、本当は違った）

結局私は、母の言うことを聞く人形でしかなかったのだ。

「でも、自分でしっかり考えようと思っているわ」

今すぐ決める必要はないし、全てが終わった後にゆっくりと考えようと思う。

できることなら、アルバートの側で。

数日の旅路を経て、私達は無事にリデル王国へ辿り着いた。

予定通りすんなりと私も入国でき、ほっと胸を撫で下ろす。やはりアルバートは盛大に出迎えられ、建国祭は来週だというのに既にお祭り騒ぎだった。

「なんだかすごく久しぶりな気がするわ」

たった半年ぶりとは言え、私は生まれてから一度も国を離れたことがなかったのだ。自国の景色や空気が、やけに懐かしく感じる。

「とても素敵な国ですね」

「ドロテは初めてだものね」

「はい。ずっと憧れていたので嬉しいです」

リデル王国は美しい景色が見られる場所が多く、同じ場所でも季節によって全く異なった楽しみ方ができるため、観光地としても有名なのだ。何より食べ物も美味しい。

「それにしても、ユーフェミア様には全く見えなくて驚きました。他のメイドからも、新入りなの？　って聞かれたくらいですし」

「それは良かったわ」

今の私は他者の認識を阻害するメガネの魔道具を使っており、全くの別人に見えているという。髪もウィッグを被っているから、間違いなくバレないはずだ。

デートの際もこれを使えば良かったのでは？　とアルバートに言ったところ、

「申し訳ありません、どうしてもユーフェミア様のお姿でデートしたかったんです」

と言われてしまい、それ以上は何も言えなくなった。

（ようやく帰ってきたのね）

その後、王城へと移動した私は、思っていたよりもずっと自分が冷静であることに驚いていた。もちろんイヴォンやカイルへの怒りはあるものの、怒りで我を忘れるようなことはなさそうで安心する。

きっとそれは、アルバートやドロテが側にいてくれているからだろう。

アルバートはお父様に会ったあと、あてがわれた客室へと戻ってきた。私は彼の部屋で侍女のフリをして待機しており、すぐに出迎える。

「おかえりなさい」

「ただいま戻りました。変わりはありませんか？」

「ええ。アルバートは？」

「俺の方も問題ありません。この後、ユーフェミア様の侍女を――」

そこまで言いかけたところで、不意にノック音が響く。

世話をしにきたメイドだろうか。私は慌てて立ち上がり侍女のフリに徹すると、アルバートは中に入るよう指示する。

「失礼いたします」

ドアが開き、聞こえてきた声に私は思わず「は」という声を漏らしそうになった。

「お初にお目にかかります、アルバート様。私、第二王女のイヴォンと申します」

そう、中へと入ってきたのはなんとイヴォンだったからだ。

イヴォンが現れた瞬間、アルバートの纏う魔力が一気に冷え切ったのが分かった。

私を殺そうとした張本人が現れたことで、怒りを感じているのだろう。

（一体、何をしにきたの？　一人で他国の皇帝の部屋を訪ねてくるなんて、どう考えても正気じゃないわ。間違いなく無断でしょうね）

開いたままのドアの隙間からは、顔を真っ青にした侍女や騎士達が見え、イヴォンが強行突破してきたことが窺えた。

「何の用だ」

「ずっとお会いしたいと思っていたんです！　私、アルバート様に憧れていて……でも、こんなに素敵な方だなんて……驚きました」

潤んだ瞳でアルバートを見上げ、頬を染めるイヴォンは私の存在に気が付いていないようだった。

アルバートが相当苛立っていることにも、さっぱり気付いていないらしい。

(カイルとの婚約は未だ決まっていないようだし、アルバートに狙いを変えたのね。あまりにも愚かで笑えてくるわ)

やはり私がいなくなったところで、上手くいくわけがなかった。

それにしてもアルバートに取り入ろうとするなんて、悪い意味で大胆にもほどがある。同じ血が流れているというだけで、恥ずかしく思えてくるほどに。

「出て行け」

「えっ……で、でも、もう少し」

「聞こえなかったか？　出て行けと言っている」

そんな中、アルバートは低く冷え切った声でそう言ってのけた。

イヴォンは予想外だったらしく戸惑った様子だったものの、流石にまずいと思ったのか慌てて「失礼します」と言って部屋を後にする。

(国内ではこんな扱いをされたことがなかったから、驚いたんでしょうね。みんながイヴォンをちやほやしていたもの)

私ほどではないけれど、イヴォンも美しい顔立ちはしているのだ。ただ、壊滅的に頭が悪いだけ。

それでも第二王女という立場により、持て囃されていたのだけれど。

イヴォンが出て行きドアが閉まると、アルバートは小さく息を吐いた。

「あと一分出て行くのが遅ければ、殺してしまうところでした」

「ころ……けれどまさか、あそこまで愚かだったなんて。まあ、私を殺そうとした時点でどうしようもないのだけれど」

「早急に殺しましょう」

ぞくりとするほど冷たい眼差しをドアへ向けたまま、アルバートは何度も「殺す」という言葉を口にする。やはり私以上に怒ってくれているように見えた。

(とにかく、今の状況が知りたいわ)

乗り換えようとするあたり、カイルとの関係も悪くなっているのかもしれない。

それからすぐアルバートは人を呼び、侍女の同郷だと適当な理由をつけてサビナを呼び出してくれた。やがて再びノック音が響き、サビナの声が聞こえてくる。

「失礼いたします」

どうして呼ばれたのか分からないといった表情を浮かべた彼女の顔を見た瞬間、ほんの少しだけ涙腺が緩んだ。

思い返せば、サビナは幼い頃からずっと私の側にいてくれた。あんな態度の私に、嫌気が差していてもおかしくはないのに。

(今になって、その存在のありがたさに気が付くなんて)

私は防音魔法を展開すると魔道具のメガネを外し、サビナの前に歩み出た。

「サビナ、久しぶりね」

その瞬間、いつも無表情だった彼女は信じられないという顔で、石像のように固まった。長い付き合いだけれど、こんな姿は初めて見た気がする。

しばらく呆然としたまま私を見つめていたものの、やがて静かに口を開いた。

「……本当に、ユーフェミア様、なのですか？」

「ええ、本物よ。こんなに美しい人間が私以外にいるとでも？」

はっきりとそう言い切れば、サビナは困ったように微笑み「ああ、本物のユーフェミア様ですね」と震える声で言うと、栗色の瞳から大粒の涙を流した。

「ご無事で……本当に、本当に良かったです……」

「ええ。私がそう簡単に死ぬわけがないでしょう？」

涙する彼女をそっと抱きしめると、優しい体温に、やっぱりまた涙腺が緩んだ。

最初は私が死ぬはずなんてないと思っていたけれど、半年も音沙汰がなかったせいで、心のどこかでは弱気になっていたという。

「心配をかけて、悪かったわ」

「え……？　本当にユーフェミア様ですか？」

「そこで疑うのね。その、色々と心境の変化があったの」

私が謝ったことに相当驚いたようで、サビナは一歩後ろに下がる。誰よりも私のことを知っている彼女だからこそ、私の変化に困惑しているようだった。

やがてサビナが落ち着くと、改めて話をすることにした。

「こちらはアルバート・オルムステッド。帝国の皇帝で、私を助けてくれたの」

私はそれから、ここまでのことを掻い摘んで話した。

話を聞いてくれていたサビナの顔は、だんだんと青くなっていく。

「まさか、イヴォン様とカイル様の仕業だったなんて……」

全てを話し終えると、怒りを滲ませたサビナは「許せません」と両手を握りしめた。アルバートも静かに頷いてくれている。

「本当に信じられないわよね。私じゃなかったら、間違いなく死んでいたわ」

そしてあの日以降、この国で何が起きていたのかを、サビナは話してくれた。

「――あの晩、王城中に爆発音が響き、ユーフェミア様の部屋が忽然と消えてしまったんです。原因が分からない中、テレンス様が『ユーフェミア様は転移魔法に関する魔道具を作り出していた』と仰って……調べてみたところそれは事実で、結果、魔道具の暴走事故に巻き込まれたのではないかという結論に至ったようです」

「この私がそんな間抜けな死に方をするわけがないじゃない」

とは言え、私の部屋が消えたこと、そして私自身も消えたこと、そして私が転移魔法に関する魔道具を開発していたことは事実なのだ。

他に原因が見つからない以上、そう結論づけるのは仕方ないことなのかもしれない。

何より私さえいなければ、この国で一番の魔法使いとなるテレンスの発言は、かなりの説得力があったのだろう。

「もちろん両陛下も第一王子のバーナード様も、ユーフェミア様が亡くなるなんてあり得ないと仰っていました。けれど、その日すぐにユーフェミア様が亡くなったという知らせは、国中に広がってしまって……」

やはり私の訃報は三人が広めたのだろう。私は異空間に飛ばされた末、魔物によって食われて死んだと確信しているのだから。

「そんな中で、一週間が経ってもユーフェミア様はお戻りにならず、国としても認めざるを得なかったようです」

「……なるほどね」

この私が一週間も戻って来ないとなると、命の危機レベルの何かがあったか、二度と戻って来られない場所に飛ばされたと考えるのが自然だろう。

私の隣で黙って話を聞いていたアルバートからは、隠しきれないほどの怒りや殺意を感じる。

「あの馬鹿二人のことだから、私がいなくなった後は好き勝手やっていたんでしょう？」

そう尋ねると、サビナは首を左右に振った。

「初めはお二人が婚約すると言い出したり、ユーフェミア様の私物をイヴォン様が全て持っていこうとしたりと色々あったのですが、婚約の話もあっという間になくなりました」

「えっ？」

「そしてその後すぐ、バーナード様とイングリス公爵令嬢の婚約が決まったんです」

「……嘘でしょう？」

あまりにも信じられない話に、私は自分の耳を疑った。

イングリス公爵家は我が国の筆頭公爵家で、長女であるソフィアは容姿端麗で名高い令嬢だ。

そして気が強く、プライドも高い。もちろん私ほどではないけれど。

そんな彼女があのお兄様との婚約を受け入れるなんて、とても信じられなかった。彼女の立場ならば第一王子からの婚約だって、断ることができるはず。

「どうしてソフィアが、お兄様なんかと？」

「実はユーフェミア様が消えてしまった後、バーナード様は別人のように変わられたんです。ばっさりと長い髪を切られて、積極的に公務にも参加されるようになり……何よりその、大変強気になられたと言いますか……」

「信じられない……本当にそれ、お兄様なの？」

いつだってお兄様は弱気で陰気で、自ら動いて何かをするような人ではなかった。どれほど私がその尻拭いをしてきたか分からないくらいだ。

(そんなお兄様が強気ですって？　身体を乗っ取られでもしたんじゃない？)

好き勝手しようとしていたイヴォンとカイルを押さえつけていたのもお兄様らしく、信じられない私に、サビナは「お会いしてみれば分かると思います」と言う。

とにかくいずれは顔を合わせることにはなるのだ。私の邪魔さえしなければ、勝手にイメージチェンジでも何でもしていてほしい。

「それと、ユーフェミア様のことがあってから、王妃様が憔悴されてしまって……お部屋にこもり、寝たきりの生活をされています」

「お母様が？」

常に精力的だったお母様がそんな様子になるなんてことも、信じられなかった。

（ああ、けれどお母様は私を女王にするためだけに動いていた人だもの。死んでしまえばそれは叶わないものね）

納得した気持ちになりながらも、胸の奥が少し痛んだことには気付かないふりをした。

その後、サビナに頼んでどうにかお父様に手紙が渡るよう手配してもらい、再び室内にはアルバートと二人きりになる。

「うまくいくといいんだけど」

「たとえ予想外のことがあっても、俺が全て上手くやるので大丈夫です」

「ふふ、ありがとう。アルバートなら、本当に全てどうにかなりそうだわ」

「俺にできることなら、何だってします」

アルバートは当然のようにそう言うと、ベッドを指差した。

「移動でお疲れでしょう。どうかお休みになってください」

「でも、アルバートだって」

「俺は大丈夫です。少しやることがありますし」

侍女としてやってきている以上、私が別室で休み続けているわけにはいかない。

だからこそ、誰も立ち入らないように言いつけているアルバートの部屋で、と勧めてくれているのだろう。

「……ありがとう。けれどそれは、アルバートもよ」

「休める時に休んでおくのは大切ですから」

「はい。気を付けます」

今後やるべきことはまだたくさんあるのだ。

慣れない長距離移動や侍女として紛れ込んでいたことで疲れてしまっていた私は、お言葉に甘えることにした。

「おやすみなさい、ユーフェミア様」

「おやすみ。アルバート」

大きなベッドに寝転がり、ぐっと両腕を伸ばす。今夜アルバートは私が眠ったこのベッドで眠るのかなんて考えながら、静かに目を閉じた。

リデル王国に戻ってきてから二日が経った。

アルバートは部屋にこもりきりで、会食や社交の場にも最低限しか顔を出していない。そしてそれは、侍女として常に側にいる私のためだと分かっていた。

(……これ以上、好きにさせないでほしいわ)

サビナからも、アルバートは既に我が国の女性達からアプローチを多々受けていると聞いている。簡単に心変わりする人ではないと分かっていても、もやもやしてしまう。

それが顔に出てしまっていたのか、サビナは微笑んだ。

「ユーフェミア様がこんなにも変わられたのは、アルバート様の影響なのですね」

なんだか恥ずかしい気持ちになりながらも頷けば、サビナは「ユーフェミア様が幸せそうで何よりです」と柔らかく目を細めた。

（幸せなんて言葉、私には縁がないと思っていたのに）

アルバートの側にいると、胸が温かくなって嬉しくなって、優しい気持ちになる。

これが「幸せ」なのだろうかと思いながら、先ほど顔を合わせたばかりのアルバートに今すぐ会いたいと思った。

三日目の朝、アルバートの部屋にいた私の元へ、慌てた様子でサビナがやってきた。

「陛下からのお返事です」

そうして渡されたのは真っ白な一通の手紙で、中には私が生きていてくれて嬉しいという言葉と、会うための部屋と日時が綴られていた。

間違いなくお父様の字で、あっさりと上手くいったことにほっとする。

「ありがとう。よく手紙を渡せたわね」

「実は上手くいかず困っていた私を、バーナード様が助けてくださったのです」

「お兄様が？」

「はい。ユーフェミア様の侍女だと、私のことを覚えてくださっていたようで……

もちろんユーフェミア様のことはお話ししていませんが、どうしても陛下にお渡ししたいものがあると話したところ、直接お渡しする機会を作ってくださいました」

「……そう」

もちろんサビナが嘘をついているとは思っていないし、私が思っている以上にお兄様は変わったのかもしれない。とにかく感謝すべきだろう。

（この私が変わったのだから、お兄様が変わっていてもおかしくはないし）

「手紙に書かれていたのは今日の昼だから、もう少ししたら行ってくるわ」

「お一人で大丈夫ですか？」

「ええ。今の私に怖いものなんてないもの」

「何かあったらすぐに俺を呼んでくださいね」

「ありがとう」

心配するアルバートに大丈夫だと告げて、私は時間が来るのを待った。

やがて変装をしたまま応接間へと向かうと、そこにはお父様とその側近、護衛騎士の姿があった。彼らは昔からお父様に仕えており、信用していいだろうと思った私は、すぐにウィッグとメガネを外す。

私の姿を見た瞬間、全員が息を呑んだのが分かった。

「ユーフェミア……本当に、生きていたんだな」

「ええ、お久しぶりです」

やはり誰もが死んだと思っていたのだろう。

魔法なりこの瞳なりで、何か証拠を見せようかと尋ねたけれど「我が子くらいは分かる」だなんて父親らしいことを言われてしまい、思わず鼻で笑ってしまいそうになった。

(今まで父親らしいことなんて、ほとんどしなかったくせに)

それからはこれまでのことを話し、さっさとイヴォンとカイル、そしてテレンスを処罰してほしいと強く言えば、お父様は片手で目元を覆った。

「まさかイヴォンが……何もできず、すまなかった。辛い思いをしただろう」

「それはもう。殺されかけた挙句、魔法も使えず子どもの姿になって、遠く離れた国の森の中に投げ出されたんですもの。流石の私も死ぬかと思いました」

「……すまない。すぐに三人を捕らえさせる」

お父様は護衛騎士に視線を向けると、彼は「かしこまりました」とだけ言い、部屋を出ていった。三人もまさか悪事がバレたことや私が生きていたことには気付いておらず油断しているだろうし、すんなり事は進むだろう。

テレンスが魔法を使って抵抗した場合、多少厄介なことになりそうだけど。

「三人は死刑で――と言いたいところですが、テレンス以外は難しいでしょうね」

腐っても王女と公爵令息なのだ。現在のリデル王国の法律では「王女を殺した」ではなく「殺そうとした」だけでは死刑までは求刑できない。

「一生、幽閉するのが限界ですね」

「……ああ。すまない」

「それでいいでしょう。あの二人にとっては死刑宣告に等しいでしょうし。ああ、後は半殺し、いえ九割殺しにする許可もください。ギリギリ殺しはしませんから」

お父様は少しだけ躊躇(ためら)う様子を見せていたものの、それくらいしないと私が納得しないと思ったのか、「好きにするといい」と頷いた。

（これで一件落着と言いたいけれど……まだ色々と問題は残っているのよね）

私が死んだことになっている件についても、良い理由を考えなければならない。

まあ既に半年も経ってしまっているし、今更急ぐ必要はないだろう。

そんなことを考えていると、お父様に静かに名前を呼ばれた。

「ユーフェミア、どうかアデラインに会ってやってくれないか」

「お父様に頼まれなくとも、そのうち顔を――……」

そこまで言ってから、お母様は寝たきりになっていると、サビナから聞いていたことを思い出す。お父様の様子からもそれは事実のようだった。

三人を地下牢に捕らえた後にと告げれば、お父様はほっとしたような顔をする。

(その愛情を少しくらい、我が子に向けていれば良かったものを)

それから二時間後、三人が捕らえられたという知らせを受けた。

思ったよりも早かったと思いながら、地下牢へと向かう。

既に事情を知っている騎士達しかいないと聞いているため、変装を解いてゆっくりと地下へ続く階段を降りていく。

そうして三人が捕らえられている牢の側へ行くと、喚くような声が聞こえてくる。

「どうして私がこんな……ああ、もう、ドレスが汚れているじゃない！　お気に入りの特注品だったのに、信じられないわ！」

「クソ、何の真似だ！　この俺をこんな場所に捕らえるなんて父様が知ったら、全員どうなるか分かっているんだろうな！」

自分達が捕まるとは全くもって想像していなかったらしく、イヴォンもカイルもカビ臭い地下牢の中で、怒り心頭といった様子だった。

(カイルも相変わらずね。私にしたことなんて、すっかり忘れているみたい)

　私は呆れながら、コツコツと石畳の上を進んでいく。

「………………」

　唯一牢の中で静かに黙り込んでいたテレンスは私に気が付いた瞬間、息を呑んだ。

　その顔は、まるで幽霊か化け物を見たかのような恐怖で染まっていく。そんなテレンスに気付いたらしい二人もやがて、こちらを向く。

　二人は私の姿を視界に入れたまま、全く同じような表情をした。

「何の真似だ、ですって？」

　私は牢の前で足を止めると、三人を見下ろす。彼らは呆然とした様子で私を見つめ返していたけれど、一番に口を開いたのはカイルだった。

「……ユーフェミア？」

「ええ、久しぶりね。地獄から戻ってきたわ、お前達を殺すためにね」

　そう言って笑顔を向ければ、三人の身体がびくりと跳ねる。どうやら私の「殺す」を本気だと捉えたようで、イヴォンなんて細身の身体を震えさせている。

「ど、どうして……どうやって、生きてここに……」

　今にも消え入りそうな声でそう呟いたイヴォンの前へ移動した私は、目線を合わせるようにしゃがみ込んだ。

「死体も確認せず、この私を殺したと思い込むのが愚かなのよ」

「……っ」

「さて、どうやって殺してやりましょうか」

実際のところ、殺すつもりも残虐な行為をするつもりもないのだけれど、脅すようにそう言ってのけると、イヴォンの大きな瞳は絶望に染まり、はらはらと涙がこぼれ落ちる。

（あら、結構すっきりするわね、これ）

そう思っていると、隣から「ユーフェミア！」と腹の底から叫ぶような声が響く。

「クソ女！　お前のせいで俺の人生はめちゃくちゃだ！」

視線を向ければ鉄格子をきつく握りしめ、こちらを睨みつけるカイルの姿があった。

ここに来るまで抵抗して暴れたのか、髪はぼさぼさで服はあちこち汚れ、ボロボロの姿はあまりにも情けなくて、こんな男が婚約者だったと思うと恥ずかしくなる。

「どうして私のせいなの？　そうやって全て他人のせいばかりにしてきた自分のせいだとは思わないわけ？」

「お前が……いつだってお前が俺を見下すから……！　俺は子どもの頃からお前に

何ひとつ勝てなくて、ユーフェミアのお荷物だって言われて生きてきたんだ！」

──確かにカイルの言う通り、言葉に出したことはなかったものの、彼を見下していたのは事実だった。

公爵令息でありプライドの高いカイルにとって、辛かったであろうことも今なら分かる。

「悪かったわ」

「……は」

「私が完璧すぎるだけで、お前だって一般的に見れば優秀な方だもの」

謝罪の言葉を紡ぐと、カイルはぽかんとした顔をした。イヴォンやテレンスも全く同じ表情をして、私を凝視している。

(私が謝るなんて、思ってもみなかったって顔ね)

「でも、殺そうとするのは間違っているわ。それにお前、いつも自分から私にへりくだっていたじゃない。下の者を虐げたり最低なことも色々していたし、責任転嫁しすぎよ」

だからこそ罪は償ってもらうと告げれば、カイルは悔しげに唇を噛んだ。

「この人でなし！　お前なんて、一生誰からも──」

「いい加減にしろ！」

そんな中、突然カイルの声を遮るような怒鳴り声が響き、肩越しに振り返る。

するとそこには、すらりとした赤髪の男性の姿があった。

（誰？　初めて見る顔だわ）

綺麗な顔立ちをしており、かなり身分が高そうだ。こんなところにこのタイミングで来るなんて一体誰だろうと不思議に思った私は、ストレートに尋ねてみる。

「あなた、誰？」

「バーナードだ。久しぶりだな、ユーフェミア」

「え」

確かに言われてみれば、声は聞き覚えのあるお兄様のものだ。

あの長い前髪で隠れていた顔がこんなにも美形だったなんてと、驚いてしまう。立ち姿や声色だって堂々としていて、別人のようだった。

（確かに変わったとは聞いていたけれど、流石に驚いたわ）

「お前達は第一王女殺害未遂という大罪を犯したんだ。二人は西の塔にて幽閉、テレンスは良くて無期懲役だろうな」

お兄様が冷静にそう言ったことで、カイルとイヴォンの顔が一瞬にして青くなる。

「い、いやよ！　私はこんなところで終わるような人間じゃないのに！」

「そうだ！　父様が――」

「公爵の助けを期待しても無駄だよ。王国の法に則り、しっかり罪を償わせてほしいそうだ」

「……う、うそだ」

何があっても、父親である公爵が助けてくれると思っていたらしい。公爵家にはカイルの兄や妹、そして多くの守るべき人間がいるのだから、これほどの罪を犯したカイルを切り捨てるのも当然だろう。

カイルはその場に崩れ落ちるように倒れ込むと、大声で泣き始めた。イヴォンは現実を受け入れられないのか、虚な眼差しで明後日の方向をぼんやりと見つめている。

（終わりね。元々、杜撰（ずさん）な殺害計画だったもの）

私が確実に死ぬというのが前提の計画なのだ、それが失敗した時点で終わっていた。

そうして部屋へ戻ろうとしたところ、背中越しに声を掛けられる。振り返ると、ずっと黙っていたテレンスがまっすぐに私を見上げていた。

「ユーフェミア様、ひとつだけお尋ねしてもよろしいでしょうか」

「いいわ」

「どうやって、あの状況を脱したのですか」

この男だって魔法に関しては、誰よりも誠実な人間だった。こんな状況でも純粋に疑問を抱き、尋ねてくるくらいには。

だからこそ魔法で人を殺めようとしたことに対して、ひどく失望した。部下として、私は彼のことを評価していたのだ。

「どうやっても何も、ただ魔力量で押し切って魔道具を壊して、魔物を殺した後に転移魔法陣を書き換えただけよ」

言葉にすると簡単に聞こえるけれど、流石の私もあの時の苦しさや痛みは思い返すだけで寝込みそうだった。

ユフィの時の夜泣きだって、あの時の記憶のせいに違いない。

「ははっ……やはりあなたは僕なんかとは違いますね。規格外だ」

テレンスは私の答えを聞いた後、乾いた笑い声を上げていたけれど、やがて「何をしたって敵うはずがなかったのにな」と呟き、片手で目元を覆った。

その身体は小さく震えていて、きっと泣いているのだろうと悟る。

（──本当に残念だわ）

私は再び彼に背を向けると、地下牢を後にした。

その後、私はお兄様と共に別室へと移動し、テーブルを挟んで向かい合った。

思い返せば兄妹だと言うのに、こうして二人で話をしたことも無かったと気付く。

（改めてこうして見ても、別人もいいところだわ。どんな心境の変化があったのかしら）

両親も私もイヴォンも整った顔立ちをしているし、お兄様も美形であってもおかしくはないのだけれど、やはり幽霊のような姿を見慣れているせいで、違和感は拭えない。

そんなお兄様は室内に二人きりになると、テーブルに頭がつきそうなくらい、私に向かって深く深く頭を下げた。

「すまなかった」

「何の真似かしら」

「謝っても許されることではないと思っている。それでも、謝罪させてほしい」

お兄様は顔を上げると、お母様と同じアイスブルーの瞳でまっすぐに私を見つめる。

「僕はずっと第一王子という立場や、何もかもから逃げてきた。そしてその全てをユーフェミアに押し付けてきた」

「…………」

「ユーフェミアが生まれつき僕より優れているというのを、言い訳にしていたんだ。ユーフェミアが母様にどんな扱いを受けていたか、どれほど努力を重ねていたか分かっていたのに、ずっと目を逸らし続けていた」

私は黙って話を聞きながら、いつも俯き私から逃げるようにして生活していたお兄様がそんな風に考えていたことを初めて知り、複雑な気持ちになっていた。

「そんな中でユーフェミアが死んだと聞かされ、全てを後悔したよ。何ひとつ自由のないまま死んでいったユーフェミアのことを思うと、情けなくて申し訳なくて消えてなくなりたくなった。代わりに僕が死んだら良かったのにと、何度も考えたくらいには」

テーブルの上に置かれていたお兄様の手は、血が滲んでしまいそうなくらい、固く握られていた。その言葉に嘘偽りがないことが伝わってくる。

「そして、変わらなければいけないと思ったんだ。……ユーフェミアが死んで、ようやくそう考えるようになったなんて、僕は本当に愚かだよ」

お兄様はそう言うと、長い睫毛を伏せた。――もちろん、彼が長年様々なことから逃げていたことは事実で、許せない気持ちはある。それでも。

（こうして変わろうとするのに、きっと相当な勇気を出したはず）

兄がどれほど弱く内気だったかは、よく知っている。

それを思うと、過去のことを今更責める気にはなれなかった。

「ユーフェミアは、これからどうしたい？」

「……どうしたいか言ったら、お兄様が叶えてくれるのかしら？」

「僕にできることなら、どんなことでもすると誓う」

（どうしたいのかなんて、本当はもう分かってる）

言葉に出すのは少しだけ怖かった。私はこれまでずっと、そのためだけに生きてきたのだから。自分がしたいことなんて、考えたこともなかった。

『ユーフェミア、絶対に女王になるのよ。お前はそのために生まれてきたのだから』

私は物心ついた頃からずっと、そう信じて疑わなかった。けれど今は違う。

今の私は自分がどうしたいのか、はっきりと分かっている。

(私は、アルバートと一緒に生きていきたい)

そしてそれはきっと、ずっと変わらない。

「私、女王にはなりたくない」

「そうか」

お兄様は驚くことなく、むしろ私の答えを予想していたように頷くと「すまない」と謝罪の言葉を口にした。

「ユーフェミアが何の不安も心配もなく、これからの人生を歩めるよう努めさせてほしい」

「お兄様が王になるとでも？」

「ああ。僕には身に余る目標だとは分かっているよ。それでも頑張りたいんだ」

そのことは既に、お父様にも話してあるという。後は私自身の気持ちを聞いて、改めて動くつもりだったらしい。

実はあんな状態でもずっと陰で努力は重ねていたようで、能力的な問題はないとお父様からも言われているんだとか。

（何よそれ。私が悩んでいたのが馬鹿らしいくらい、全て簡単に解決していくじゃない）

けれど後ひとつ、大きな問題が残っている。

「お母様はなんて？　反対して大暴れしそうなものだけれど」

「……会ってみれば分かるよ」

どういう意味だろう。そう思いながらも無事に三人は捕らえられたことだし、このままお母様に会いにいくことにした。

「着替えてもいいかしら？　こんな格好で会ったら怒られそうだもの」

「いや、大丈夫だよ。ユーフェミアなら何でも」

「…………？」

今の私は、侍女の服装をしているのだ。

次期女王としての振る舞いや身なりについて常に口うるさく言っていたお母様が見たら、倒れるくらいしそうなものなのに、お兄様は「その必要はない」と言って譲らない。

そこまで言うのならと、この姿のままお母様の部屋へと向かうことにした。

お兄様と共にお母様の部屋を訪ね、侍女やメイドを全員下がらせると、私はお母様が横たわるベッドへと歩いていく。

まだお父様も私のことを話していなかったようで、何も知らない状態らしい。

「お母様」

静かに声を掛けると、閉じられていた目がゆっくりと開く。実際の年齢よりもずっと若く見えて美しかったお母様はもうおらず、ひどく窶（やつ）れ老けた姿に驚いてしまう。

たった半年で人はここまで変わってしまうのかと思っていると、お母様はお兄様と同じアイスブルーの瞳を、こぼれそうなくらいに見開いた。

「……ユーフェミア？」

「はい、ユーフェミアです。無事に戻ってまいりました」

「夢では、ないの……？」

「ええ。現実ですよ」

縋るように伸ばされた手が、私の右手に触れる。そのまま引き寄せられ、そっと両手で包まれた。まるで神に祈るように額を近づけながら、何度も私の名を呼ぶ。

こんな様子を見るのは初めてで、戸惑いを隠せなくなる。お母様にこんな風に触れられたことなんて、一度もなかった。

「ユーフェミア……ああ……良かった……」

やがて瞳からは大粒の涙がこぼれ、私の手を濡らす。

お母様が泣いているところだって、生まれて初めて見た。誰よりも強くて厳しい人だと思っていた私は、声ひとつ発せなくなっていた。

(こんなの、本気で心配していたみたいじゃない)

呆然とする私の側へやってきたお兄様は、そんなお母様の代わりに説明してくれた。

私が死んだと思われた後、一番取り乱しショックを受けていたのはお母様だと。

「これまで厳しくしすぎていたことも、心の底から悔やんでいるようだったよ」

「……そう」

言われなくとも、今の姿を見れば分かる。食事もまともにとっておらず、眠れていないのだろう。本気で私を心配していたことだって、伝わってくる。

（いつだって、お母様は自分勝手な人ね。それは私もだけれど）

それでも厳しいお母様のお蔭で、得たものだって数多くあるのも事実だった。

未だに涙を流し続けるお母様に背を向けると、お兄様に「行きましょう」と声を掛ける。

「もういいのか」

「ええ」

ドアに向かって歩いていると、室内には以前はなかった子どもの頃に私が使っていた服や本などが、たくさん置かれていることに気が付く。

（……本当に、お母様も愚かで不器用な人だわ。私と同じくらい）

「また明日、会いに来ます」

それだけ言って部屋を出ると、ドア越しに聞こえてくる嗚咽が大きくなった気がした。

第九章　本当の気持ち

お母様の部屋を出た後は、まっすぐにアルバートの部屋へと向かった。

今後のことはお兄様とお父様が何とかしてくれるようで、ゆっくり休むよう言われ、すぐに部屋も用意してくれるそうだ。

（なんだか何もかもがあっさり上手くいってしまって、怖いくらいだわ）

てっきりイヴォンやカイルが結託し、好き勝手やっていると思っていたのに。

この先のことだって全て任せきりでいいなんて、拍子抜けもいいところだ。

正直にそう伝えれば、「ユーフェミアが今まで頑張ってきたからだよ」なんて言われてしまった。

「私、ユーフェミアよ」

ノックをしてそう声を掛けると、すぐに駆け足のような足音が聞こえてきて、アルバートがドアを開けてくれた。

相当心配してくれていたのが顔に出ていて、思わず笑みがこぼれた。

「ユーフェミア様、大丈夫でしたか」

「ええ。あっさり全てが上手くいったわ」

ソファに向かい合って座り、三人を捕らえたことやその処遇について話したところ、アルバートは納得いかないという様子で、形の良い眉を寄せた。

「あまりにも甘すぎます。死以外、ユーフェミア様を殺そうとした罪の償いになどなりません」

「……思ったより、怒りが湧いてこなかったのよね」

お父様に九割殺しにするなんて言ったものの、今ではそんな気もなくなっていた。

一方のアルバートは、私の何倍も怒りを滲ませている。

(けれど私もきっと、誰かがアルバートを殺そうとしたのなら、同じように怒りを感じるでしょうね。八つ裂きでも甘いくらいだわ)

アルバートは今にも殺しに行きそうな勢いで立ち上がるものだから、宥めるように名前を呼ぶと、彼はハッとしたように再び席についた。

「申し訳ありません、勝手なことを」

「いいの、私のために怒ってくれたんでしょう？　それに私、ほんの少しだけイヴォン達に感謝をしているのよ」

まるで理解できないという顔をしたアルバートに、私は続けた。

「だって、あなたに会えたから」

その瞬間、アルバートの菫色の瞳が大きく見開かれる。

「きっとあの出会い方をして、あの王城での日々がなければ今の私はいないもの」

傲慢だった自分を省みることだって、絶対になかった。

（何よりユフィとしての日々がなければ、アルバートを好きになることもなかった）

だからこそ、私は三人への怒りが当初よりもずっと薄れてしまったのだ。

（これ以上話をすると、告白になってしまいそうだわ）

私は頬を赤く染め、嬉しさを隠せていないアルバートに愛しさを感じながらも「ひとまず今日は、部屋に戻って休むわ」と告げ、立ち上がった。

「部屋ですか？」

「ええ。お兄様が用意してくれるみたいだから」

色々なことがあって流石に気疲れしてしまったため、今日はゆっくり休もうと思う。

私の元々の部屋は空間転移によって丸ごと消えてしまったことを思い出すと、今更になって悲しくなってきた。被害総額を考えると、目眩さえする。

「あの部屋、とても気に入っていたのに。お気に入りの宝石コレクションも全て失ったし」

「俺が似たものを全て用意します」

すかさずアルバートはそう言うものだから、また笑みがこぼれる。彼ならば本当に私が持っていた物以上の宝石を用意してくれそうだ。

「それよりも、アルバートにはお願いがあるの」

「何でしょうか？　俺にできることなら、何でもします」

「明日、一緒に建国祭に行ってくれないかしら」

「俺で良ければ、ぜひ」

すぐに頷いてくれて、ほっとする。お互いに変装をすれば、きっと大丈夫だろう。

「良かった。その時に、前に言っていた話を聞かせてくれない？」

「分かりました」

「私もね、アルバートに話があるの」

「俺に、話……ですか？」

「ええ」

今までの感謝を改めて伝え、告白をするつもりなのだけれど、アルバートは全く予想がつかないのか困惑した様子だった。

「じゃあ、また明日。サビナを通してまた連絡するわ」

「はい。ゆっくりお休みになってください」

「アルバートもね」

そうして私はアルバートの部屋を後にし、新たな自室へと向かったのだった。

そして翌日。私とアルバートは変装をして、王都の街中へとやってきていた。

驚くほど大勢の人や屋台に圧倒されつつ、胸が弾むのを感じる。

「実は私、建国祭をこうして出歩くのは初めてなの。誘ったくせに案内すらできないのだけれど、許してちょうだい」

「もちろんです。俺はユーフェミア様が隣にいてくださるだけで幸せなので」

「そ、そう」

（よくそんな言葉をあっさりと言えるわね）

それからは二人で、街中を歩き回った。私がユーフェミアとは知らない民達から気軽に話しかけられ、花や食べ物を渡されるのは不思議な体験だった。

そしてそれが不愉快ではなく、むしろ楽しいと思えたことに私は内心驚いていた。


あっという間に時間は経ち、私は勇気を出してアルバートの手を取ると、そのまま彼の手を引いてとある場所へと歩き出した。

「一箇所だけ、行きたいところがあるの」

手に触れた瞬間、アルバートはびくりと身体を大きく跳ねさせる。いつもと変わらない落ち着いた表情をしていたものの、耳ははっきりと赤くなっていた。

「昔と全く変わっていないのね」

やがて視線の先には、古びた教会が見えてきた。

中へ入ると誰もいないようで、静まり返った聖堂の中には私達の足音だけが響く。

窓から差し込む光がステンドグラスを通し七色に光っており、幻想的な美しさだった。

聖堂内が良く見える長椅子に並んで座り、お互いに変装を解く。

街中のことをよく知らない私が、ゆっくりと話をする場所をと考えた時に、一番に思い浮かんだのがこの教会だった。

「子どもの頃にたまたま近くを通ったことがあって、ちょうどこの教会で結婚式が行われていたの」

今でもあの時のことは、よく覚えている。

——古びた教会で新婦はドレスとは言い難い白いワンピースを着て、決して趣味がいいとは言えない小さな花束を手にしていた。

子どもの私から見ても、とても質素な結婚式だった。

それでも彼女は、世界中の幸せを集めたような微笑みを浮かべていたのだ。

あの頃の私は「一生に一度のものだというのに、どうしてこんな粗末な式で幸せな顔ができるのだろう」と本気で不思議に思っていた。

大人になってもずっと、あの笑顔を忘れられずにいる。

（けれど、今なら分かる）

「本当に好きな相手と結婚できるのなら、きっとどんな場所でもどんな姿でも幸せなんでしょうね」

私だって、アルバートの側に一生いると誓えるのなら、寂れた教会でもウエディングドレスなんて着ていなくても、幸せだと思える気がした。

「……きっと、そうだと思います」

静かに話を聞いてくれていたアルバートは、頷きながら同意してくれる。過去の私のひねくれた考えを聞いても、彼に軽蔑する様子はなかった。

「私がアルバートを救ったっていう話を聞いてもいい？」

「はい。——あれはちょうど、今から九年前のことでした」

少しだけ緊張しながら、アルバートの声に耳を傾ける。

「あの日の俺は当時の国王である父や兄二人と共に、リデル王国の建国祭を訪れていました」

「建国祭に？」

「はい。そして俺は、王城に滞在していたんです」

まさかアルバートがあの王城内で過ごしていたなんてと、驚きを隠せない。

「あなたほど綺麗で優秀な子どもがいたら、絶対に覚えているはずなんだけれど」

「……当時の俺は、今とは全く違いましたから。魔法も使えず、兄達に虐げられ、見るに堪えない姿だったので」

「魔法が使えない？」

「はい。そんな俺を救ってくれたのが、ユーフェミア様でした」

「――あ」

そしてようやく、朧（おぼろ）げな記憶が蘇ってくる。

（庭園で暴力を振るわれていた少年の、封印を解いてあげたような……）

傷付き汚れ、ボロボロの姿で地面に転がっていた少年は王子の身分だと言っていた。

長い前髪の隙間から見えたアメジストのような瞳だけは、はっきりと覚えている。

（確かにあの目、アルバートと同じだわ）

私に見惚れ「女神様」なんて言うものだから気分が良くなり、話を聞いた記憶がある。

『どうしてお前はそんな扱いを受けているの？』

『……僕には、魔力がないのです。王族失格ですから、仕方のないことかと』

そして魔力が封印されているのを見た私は、ほんの気まぐれで解いてやったのだ。

『……っ……う……』

『良かったじゃない。下手したら一生、お前の魔力は封印されたままだったわ』

きっと私と出会わなければ封印されていると気が付くこともなく、気付いたところで救ってくれるような人間もいなかっただろう。

『いつか絶対に、このご恩は返します』

だからこそアルバートはこんなにも長い間、私に対して恩義を感じていたのだ。

「まさか、あの時の子どもがアルバートだったなんて……」

当時の私は、この少年が自分に対して返せるものなど何もないと思っていたのだ。

それなのに今では彼に救われているのだから、本当に人生というのは分からないものだと実感する。

「思い出していただけたのですね」

「ええ」

私にとっては些細な出来事だったし、あの時のアルバートは痩せ細り、前髪でまともに顔も見えない状態だったため、今の彼と結びつけることができずにいたのだ。

（確かにアルバートにとっては、人生を変えた出来事だったでしょうね）

それでも、あの時の私の態度を思い出すと、感謝こそされても「ずっと慕っていました」なんて言われるほど良い印象を与えたとは思えない。

（アルバートは恩義と恋情を勘違いしているんじゃないかしら……？）

不安が込み上げてくる私に、アルバートは続けた。

「あの日からずっと、俺の世界の中心はユーフェミア様です。あなたに近づけるよう、いつか俺を救ってくれたご恩を返せるよう、努力してきました」

国へ戻った後、アルバートは再び魔力を封印されては困ると、魔力を隠しながら努力を続けたのだという。

そして完璧に魔法を扱えるようになり、アルバートが膨大な魔力量を持っていると告げた結果、王妃や兄王子達はそれはもう取り乱していたらしい。

国王が病死した後は熾烈（しれつ）な王位継承争いが起き、アルバートに負けた王妃は兄達を巻き込み、命を絶ったという。

けれど民の間ではアルバートが三人を殺したという間違った話が広がってしまい、「冷血皇帝」と呼ばれるようになったとのことだった。

（アルバートはいつだって優しいし、部下にも慕われているから不思議に思っていたけれど、やはり誤解だったのね）

でも、私は違う。彼のようなできた人間ではないし、周りから慕われてもいない。アルバートが思っているような女性ではないと、余計に不安が込み上げてくる。

「あれは、ほんの気まぐれで……」

「そのほんの気まぐれに、俺は救われたんです。感謝してもしきれません」

「それにアルバートは私のことをあまり知らないし、幻滅するかも――」

「常にリデル王国に大勢の間者を放ち、ユーフェミア様について事細かく報告させ続けていました。ユーフェミア様の身近な人間と遜色ないほど、俺はあなたのことを知っていると思います」

「え、ええ……?」

「ですから幻滅なんて、することはありません」

何だか今、さらりと恐ろしいことを言われた気がする。とは言え、私のことをよく知った上で好意を抱いているというのは、事実のようだ。

アルバートはまっすぐに私を見つめると、ひどく真剣な表情を浮かべた。

「あの日、あの瞬間、俺の人生を変えてくださったあなたの笑顔に、どうしようもなく惹かれたんです」

「……っ」

「あなたが好きです。ずっとユーフェミア様のことだけを想って生きてきました」

やがて告げられた言葉に、泣きたくなるくらい胸を締め付けられる。こうして改めて想いを告げられると、どうしようもなく嬉しくて、安堵してしまう。

「……いずれ、ユーフェミア様が女王になられることも分かっています。それでも、この気持ちだけは伝えておきたかったんです」

アルバートは私のことをよく知っているからこそ、お互いに立場のある私達の関係に未来はないと思っているのだろう。

そして私の気持ちには、一切気が付いていないのだと悟る。

(色々と不安だったけれど、今なら言える)

何度か小さく深呼吸をすると、私はアルバートの名を呼んだ。

「私はもう、女王になりたいとは思っていないの」

「……本当に？」

「ええ。あなたにこんな嘘はつかないわ」

アルバートの顔には、はっきりとした戸惑いの色が浮かんでいる。

私のことをよく知っていればいるほど、信じられないに違いない。

「私ね、なりたいものができたの。なれるかは分からないけれど」

「ユーフェミア様が望んでなれないものなど、この世に存在するのですか」

どうやらアルバートは本気でそう思っているようで、とても真面目な顔で尋ねてくるものだから、思わず笑ってしまいそうになった。

「ええ。ある人の許可が必要なんだけれど……」

するとすぐに、彼はいつものように「俺がなんとかします」と言ってくれる。

「ありがとう、お願いするわ」

「はい。それで、ユーフェミア様は何になりたいのですか？」

そんな問いに対し、私は笑顔で答えた。

「私ね、皇妃になりたいの」

そう答えた瞬間、アルバートの美しいアメジストのような瞳が見開かれる。

そして驚いた表情は、今にも泣き出しそうなものへと変わっていく。

——この大陸に、今や帝国はひとつしか存在しない。つまり皇妃の座もまた、ひとつしかないのだ。そしてその決定権は、目の前の彼に委ねられている。

「私になれるかしら？」

「……当然です。っあなた以外、絶対になれません」

気が付けば私はアルバートの胸の中にいて、きつく抱きしめられていた。

「本当に皇妃として、俺の妻としてこの先も側にいてくれるんですか」

「ええ。私がそうしたいと思ったの」

アルバートの瞳からは、静かに涙がこぼれ落ちていく。

「ユーフェミア様、愛しています。ずっとあなたに憧れて焦がれて、あなたの隣に立てる人間になりたいと思って生きてきました。俺にとって、あなたが全てです」

まっすぐな言葉に、私もまた視界が滲んでいく。

「俺と、結婚していただけますか」

「喜んで」

深く頷いた私は、アルバートの背中に回した腕に力を込める。

「私も、あなたのことが好きよ」

私の肩に顔を埋め、静かに涙するアルバートのことが、何よりも愛しいと思った。

エピローグ

「なんだかこの景色も久しぶりに感じてしまうわ」

「ユーフェミア様が仰っていた通り、とても綺麗な場所ですね」

「でしょう？」

サビナと共に馬車に揺られ窓の外の景色を眺めながら、そんな会話をする。三ヶ月ぶりのオルムステッド帝国の空気を肌で感じつつ、私は胸を弾ませていた。

（お父様やお兄様のお蔭で、思っていたよりも早く準備が終わって良かったわ）

二人はあっという間に三人のこと、そして私の問題を解決してくれた後、アルバートとの結婚についても進めてくれたのだ。

イヴォンとカイルは人が変わったように憔悴し、廃人のようになっていると聞く。

テレンスについては私の希望で、無期懲役にしてもらった。そして牢の中でリデル王国の発展のため、魔法の研究を続けさせている。

お兄様は本当に人が変わったようで、「ユーフェミアは何もしなくていい」が口癖になっていて、私はこの三ヶ月のんびりとした日々を送っていた。

お母様も少しずつ回復しており、帝国へ嫁ぐと報告しても一切反対されず「おめでとう」と静かに言われた時には、流石にどこか悪いのではないかと心配してしまったくらいだ。

そうして全ての準備が整い、私はアルバートの婚約者として帝国へやってきた。

（アルバート、元気かしら。仕事は大丈夫なのかと心配になるくらい、毎日のように手紙は送ってくれていたけれど）

建国祭が終わってすぐ、アルバートはお父様に私との結婚を申し出た。そして万全の状態で私を迎え入れるために手を尽くすと言い、帝国へと戻っていったのだ。

それ以来、私は三ヶ月ほど彼と会えない日々を送っている。

（半年以上もアルバートと毎日一緒にいたから、結構辛かったのよね）

ある日「会いたい」と手紙に書いてしまったところ、多忙だったにもかかわらずアルバートはすぐに飛んでこようとして、必死に引き止めたネイトから「あと少し耐えてください」と連絡が来たこともあった。

「お帰りなさいませ、ユーフェミア様」

「ただいま」

王城へ到着すると、ドロテを始めとする使用人達が出迎えてくれる。私の事情は聞いているようで、ユフィが私だったということも知っているらしい。

「皆、ユーフェミア様が帰ってきてくださるのを心待ちにしていたんですよ」

子どものフリをしていたなんて恥ずかしい気持ちはあるものの、皆、気さくに接してくれるのが嬉しかった。

「ユーフェミア様、お待ちしておりました」

アルバートも自ら出迎えてくれて、その顔を見た途端、愛しさが溢れていく。

「迎えに行けず、申し訳ありません」

「いいえ。出迎えありがとう」

それからはアルバートに案内され、話をしながら王城内を歩いていく。

人ひとり分空いた隣を歩く彼はとても落ち着いた様子で、「今すぐにでもお会いしたいです」「毎晩夢に見ます」なんて長文の手紙を書いていた人と同一人物とは思えない。

（……実際に久しぶりに会ったら、思っていたよりも私が可愛くなかったとか、少

し気持ちが冷めたとかだったら嫌だわ）

笑顔を向けながらも、心の中には少しの不安が広がっていく。

いつだって自信に満ち溢れていた私らしくないと思っていると、アルバートはやがて豪華なドアの前で足を止めた。

確かこの隣は、アルバートの私室だったはず。

「こちらにユーフェミア様のお部屋を用意させていただきました」

「そうなの？　ありが――」

そうして彼にエスコートされながら、室内へ足を踏み入る。

「ア、アルバート……？」

するとドアが閉まり部屋に二人きりになった瞬間、きつく抱きしめられた。

突然のことに戸惑い、心臓が大きな音を立てて早鐘を打っていく。

「……会いたかったです。とても」

私の背中に縋り付くように腕を回したアルバートは、やがてそう呟いた。

その声だけで、どれほど会いたいと思ってくれていたのかが伝わってくる。

「私だって、とても会いたかったわ」

そう言って抱きしめ返せば、さらに抱きしめられる力が強くなった。

「何もかもが俺の都合の良すぎる妄想ではないかと、不安になってしまって」

「もう」

思わず笑ってしまったものの、先ほどまで不安になっていた私だって、同じようなものかもしれない。

「きっとアルバートが思っているよりずっと、私はあなたのことが好きよ」

「……っ」

顔を上げたアルバートの、熱を帯びた瞳と視線が絡む。

「俺こそ、あなたが思っているよりもずっと重い男です。あの日、ユーフェミア様がくださったハンカチを、今でも常に持ち歩くくらいには」

「えっ」

九年も前に渡した、ただのハンカチを今でも常に持ち歩いているなんて、確かにかなり重い気がしてならない。

「で、でも嬉しいわ。もっとそうなってもいいくらい」

「……あまり甘やかされると、つけ上がりますよ」

「どうぞ」

そう言った瞬間、腕を引かれ視界がぶれたかと思うと唇を塞がれていて、何が起きたのかを理解するまで、かなりの時間を要した。

もちろん生まれて初めてのキスに、顔が火照っていく。

「……っ、つけ上がりすぎだわ！」

「申し訳ありません」

そう言いながらも小さく笑ったアルバートは顔を近づけてきて、再び唇が重なる。

ぎゅっと抱きつきながら私の肩に顔を埋めると「もう思い残すことはないです」なんて言うものだから、幸せな笑みがこぼれた。

「受け取っていただけますか？」

やがてアルバートが取り出したのは、初めてのデートの時に購入していたシーグリッドの指輪で、私はぱちぱちと目を瞬く。

「王族は代々、求婚の際にこの指輪を贈るんです」

「じゃあ、あの時にはもう求婚するつもりで……？」

「いえ、思い出作りのような気持ちでした。ですから、これをユーフェミア様に渡せる奇跡のような今が、本当に幸せです」

今にも泣き出しそうな顔で微笑んだアルバートに左手を差し出せば、彼はまるで宝物に触れるように私の手を取り、薬指に指輪を嵌めてくれる。

アルバートはそのまま私の手を口元に引き寄せると、そっと唇を押し当てた。

「ユーフェミア様、愛しています」

「私もよ」

——そして今日からはこの場所で、「ユーフェミア」として新しい日々が始まる。

あとがき

こんにちは、琴子と申します。

この度は『裏切られた悪徳王女、幼女になって冷血皇帝に拾われる　～復讐のために利用するはずが、何故か溺愛されています!?～』をお手に取ってくださり、誠にありがとうございます。

普段ヤンデレ溺愛ものばかり書いている私が、今回初めて「幼女」をメインに書いてみたのですが、とてもとても楽しかったです！

私の作品のヒロインは基本みんな性格が丸いので、ユーフェミアのようなツンツンした偉そうな子は初めてで新鮮でした。

ネイトに対する心の声なんかも、とても書くのが楽しくて……。

このお話はそんなユーフェミアの成長がメインでもあり、気が付けばすごく思い入れのあるヒロインになっていました。

アルバートはとにかく一途でユーフェミアに憧れており、一歩間違えればヤンデ

レになりそうなくらいの片想いっぷりでした。（既に危ないかもしれない）

不器用で口下手はあるものの、誠実で優しいアルバートにユーフェミアが惹かれていく過程を書くのも、幼女ならではのシーンもあり、すごく楽しかったです。

また、ユーフェミア達を美しく可愛く格好良く描いてくださったＴＳＵＢＡＳＡ先生、本当にありがとうございます！　イラストが届くたび、あまりの素晴らしさに萌え転がっておりました。ユフィとアルバートの組み合わせの尊さ、ユーフェミアとアルバートのときめき、何もかもが最高で……悪徳騎士、ネイトも大好きです。

そして本作を一緒に作ってくださった丁寧で優しい担当さん、出版に関わってくださった全ての関係者の皆さまにも、この場を借りてお礼申し上げます。

最後になりますが、ここまで読んでいただきありがとうございました！　実は初の新作書き下ろしでしたが、とても思い出に残る大切な一冊になりました。

それではまた、どこかでお会いできることを祈って。

琴子

♥没落確定の悪役令嬢に転生!?
でも、夢が叶ってとっても幸せです!!

お菓子な悪役令嬢は没落後に甘党の王子に絡まれるようになりました

〔著〕冬月光輝　〔イラスト〕黒埼

お菓子職人の卵という前世を思い出した伯爵令嬢レナは、ここが乙女ゲームの世界で、自分が悪役令嬢役だと気付く。

翌日、料理対決中にやってもいない不正を婚約者に糾弾され婚約破棄。家族に見捨てられ、財産も没収されて平民となったレナは、王都の外れに菓子店を出し前世の夢を叶える。

開店初日、閑散とする店内に銀髪の美青年が入ってきて――!?

今話題のお仕事ファンタジー！

発行 / 実業之日本社　定価 /770円（本体700円）⑩　ISBN978-4-408-55753-3

Jノベルライト文庫

♥負けヒロインでいいから村で静かに暮らしたい！
でも、幼馴染も魔王も逃してくれません!!

負けヒロインに転生したら聖女になりました

〔著〕沢野いずみ　〔イラスト〕ゆき哉

　ある日レイチェルは、ここが前世でプレイした勇者が聖女と共に魔王を倒すファンタジーゲームの世界で、自分は失明し恋に破れる「負けヒロイン」だと気付いた。その未来を回避するため幼馴染でもある勇者アルフレッドを鍛え、自らも白魔法の強化に励むが、ある出来事を境にアルフレッドの好感度が変わり始める。そしていよいよ魔王討伐の旅へ。途中で出会った魔王は意外にも優しくて…!?　平穏に暮らしたいヒロイン × 絶対に逃さないマンのどたばたラブコメディ！

発行 / 実業之日本社　定価 /814円（本体740円）⑩　ISBN978-4-408-55754-0

Jノベルライト文庫

裏切られた悪徳王女、幼女になって冷血皇帝に拾われる
～復讐のために利用するはずが、何故か溺愛されています!?～

2022年10月10日　初版第1刷発行

著　者　琴子
イラスト　TSUBASA
発行者　岩野裕一
発行所　株式会社実業之日本社
〒107-0062　東京都港区南青山 5-4-30
emergence aoyama complex 3F
電話（編集）03-6809-0473
（販売）03-6809-0495
実業之日本社ホームページ　https://www.j-n.co.jp/
印刷・製本　大日本印刷株式会社
装　丁　AFTERGLOW
D T P　ラッシュ

ISBN978-4-408-55755-7（第二漫画）